매직 아일랜드

MAGIC ISLAND

매직 아일랜드
❷ 괴물과의 대결

1판 인쇄 • 2003년 4월 10일
1판 발행 • 2003년 4월 15일

지은이 • 이사라
펴낸이 • 이종천
펴낸곳 • 오늘
등록일 • 1980년 5월 8일, 제10-104호
주소 • 서울시 마포구 도화동 340번지
전화번호 • 719-2811(대)
팩스 • 712-7392
http://www.oneul.co.kr
Email : oneull@hanmail.net
ISBN 89-355-0405-X 04810
ISBN 89-355-0390-8 (세트)

매직 아일랜드
MAGIC ISLAND

❷ 괴물과의 대결

이사라 지음

 오늘

「매직 아일랜드는 세계지도나 지구본을 눈 씻고 찾아봐도 표시되어 있지 않은 마법사와 마녀들의 섬이다. 혹시 여행을 하다가 풍랑에 휩쓸려 이 섬을 발견한다 해도, 절대 들어가지 않는 것이 좋다. 이곳은 매우 위험하고 또 들어간다 해도 마법을 모르는 평범한 사람들은 추방 마법에 걸려서 바닷물에 풍덩 빠져 상어밥이 될 수 있으니까.」

· 주인공들

· 시비어 플루프
- 붉은 머리의 활달한 소녀. 14살이고 Red의
수호인이다. 불의 속성을 가졌다.

· 데이피 듀보어
- 붉은 머리에 키가 매우 큰 소년. 14살이고
Orange의 수호인이다. 플럭과 사촌간이며,
매우 친하다. 동물의 속성을 가졌다.

· 위시드 이든
- 금발머리의 낙천적인 성격을 가진 소녀. 14
살이고 Yellow의 수호인이다. 빛의 속성을 가
가졌다.

・플럭 듀보어
－갈색 머리에 키가 큰 소년. 14살이고 Green
의 수호인이다. 데이피와 사촌간이며, 매우 친
하다. 식물의 속성을 가졌다.

・프랭크 페커드
－검은 머리에 안경을 낀 똑똑한 소년. 15살이
고 Blue의 수호인이다. 물과 얼음의 속성을 가
졌다.

・필리코니스 브룩
－침착한 성격의 점잖은 소년. 15살이고 Dark
Blue의 수호인이다. 어둠의 속성을 가졌다.

・바이올렛 카글리아
－감수성이 풍부한 소녀. 13살로 가장 나이가
적고 이름과 같은 Violet의 수호인이다. 꿈과
최면의 속성을 가졌다.

차례

· 지금까지 사용한 주문

◇ 맥크넛 – 잠금 해제하기

◇ 스퀴드넥스 – 소환하기

◇ 루비듀모스 – 불꽃 만들기

◇ 오르네시아 – 물 역류시키기

◇ 크리티피 – 깨우기

◇ 리크리티피 – 재우기

◇ 라이츠 – 번개 날리기

◇ 애니멀로우 – 동물과 말하기

◇ 리오그린 – 잎 날리기

◇ 키바팅카 – 물방울 만들기

◇ 마이와이 – 기억 없애기

◇ 네피어루 – 검은 나방 공격하기

◇ 스프링크 – 파리떼 공격하기

◇ 파이클 – 불씨 공격하기

◇ 아메티즈 – 어둠의 회오리 만들기

◇ 잘로우 – 독벌 날리기

◇ 악튜린스크 – 어두운 색의 연기 만들기

◇ 디만토이드 – 웃음 약 먹은 사람 치료하기

◇ 메키돔스 나프네크 메키돔스 – 방어막 만들기

◇ 다크헬러 – 어둠 형상화하기

◇ 블루디헬러 – 다크헬러의 다른 타입

◇ 스토믹 – 불기둥 만들기

◇ 테포테포 – 공중 부양하기

◇ 자컷 – 절단하기

◇ 후키부키 – 빗자루 조정하기

◇ 유레카 – 충격 주기

◇ 썬더맥스 – 우레 공격하기

12
이상한 괴물 스쿱

피부에 와닿는 눈발이 매우 따갑게 느껴졌다. 침착하게 생각하려 했으나 시간이 없었다.

'지금이다!'

필리코니스는 지팡이를 단단히 잡았다.

"다크헬러!"

지팡이를 잡은 손에서 검은 연기가 비집고 나왔다. 안 그래도 얼어터진 손에 고통이 더해졌다. 참기 힘들었지만 참아야 했다. 하나, 둘, 셋, 넷, 다섯. 점점 더 거대해지는 검은 연기가 다섯 갈래나 되었다. 마치 사람의 손가락 같았다. 이글이글 타오르는 손 모양의 검은 연기가 주베츠를 덮칠 듯이 달려들었다. 필리코니스는 무의식 중에 손톱을 깨물려다가 손에서 흐르는 피를 보게 되었다.

'많이도 나는군.'

웃어 넘기기엔 큰 상처 같았다. 애들한테 들키지 말아야 할텐데……. 대충 소맷자락에 스윽 닦고 어설프게 쥐었다 폈다를 해보았다. 그리고는 툭툭 털고 다시 지팡이를 세게 쥐었다. 방심하면 큰일 나기 십상이었다. 이제 주베츠가 반격할 차례였다. 그녀도 비슷한 주문을 외우는 것 같았다.

"블루디헬러!"

다크헬러와 비슷한 검은 손이 주베츠의 지팡이로부터 나왔다. 스멀스멀 기어 나오는 모습을 보니 오싹해졌다. 검은 손 둘이 마주쳤다. 살짝 물러섰다가 고약한 소리를 내지르면서 서로에게 달려들었다. 눈보라가 거세질수록 그들의 싸움은 더욱 격렬해졌다.

"퍽!"

블루디헬러가 헬러와 맞부딪혔다. 그 순간 필리코니스에게 덩달아 고통이 전해졌다.

"콜록."

"필리코니스! 필리코니스!"

시비어의 울부짖는 목소리가 필리코니스의 귓가에 맴돌았다.

'정신 차리자.'

얼마나 흘렀을까? 힘겹게 눈을 떠보니 희미하게 친구들의 얼굴이 보였다.

"어떻게 된 거야?"

"주베츠는 사라졌어. 그 검은 손과 함께……."

"주베츠의 검은 손이 네 검은 손을 꿰뚫자마자 네가 고통스러워하다가 쓰러졌는데, 네 가슴에서 하얀 연기가 피어오르더니 주베츠의 검은 손을 감싸고 사라졌어."

프랭크가 필리코니스가 쓰러진 뒤의 상황을 설명해 주었으나 그는 이해가 가지 않는다는 표정이었다.

"여긴?"

"얼음집이야. 정신없이 만들어서 조금 비좁아."

필리코니스가 정신을 잃은 동안 나머지 수호인들이 피신 장소를 만든 것 같았다. 얼음집은 마치 서풍의 전주곡처럼 고요했다. 가운데에는 시비어가 만들었음직한 모닥불이 타오르고 있었다. 얼어붙은 손을 녹이려던 찰나, 어디선가 요란한 소리가 들려 왔다.

"쿵쿵쿵쿵쿵."

"뭐, 뭐지?"

다들 깜짝 놀라 몸을 웅크렸다.

"꺼억꺼억."

난데없이 울음소리가 들렸다.

"괴물인가?"

바이올렛이 겁에 질린 목소리로 말했다. 그들은 용기를 내어 얼음집 문을 빠끔 열고 내다보았다. 눈보라가 조금 그치는 듯했다. 커다란 그림자가 새하얀 눈 위로 드리워져 있었다. 마치 설인과도 같은 그림자였다.

그들은 당황하여 허둥지둥 지팡이를 찾았다. 그리고 조심스럽게 한 발짝씩 그림자를 향해 다가갔다.

이상한 괴물 스프

"스르륵 스르륵."

괴물로 추정되는 물체는 바람 새는 소리를 냈다. 정체가 궁금해졌다. 바람 새는 소리가 점점 커지더니 급기야 노래를 불렀다. 스산하게 울려 퍼지는 소리였다.

피 냄새가 난다.
피 냄새가 난다.
용서받지 못할 자의
피 냄새가 난다.

그들의 살을 바르고
피를 마시리라.
남은 뼈는
내가 직접 얼려 주리라.

마지막 소원을 말해 보게
나의 먹잇감아.

노래를 반복해서 불렀으므로 귀를 막고 싶은 충동이 일어났다. 놈의 모습이 조금씩 드러났다. 온몸은 얼룩덜룩한 검은 털로 뒤덮여 있었고, 뒤룩뒤룩 굴리는 빨간 눈이 매서웠다. 키가 족히 9~10미터는 되어 보였다. 놈에게 밟히면 끝장이라는 생각이 스쳤다. 숨을까? 대항할까?

"애들아, 어떡하지?"

필리코니스가 낮은 목소리로 물었지만, 모두 "어쩌지, 어쩌지?" 하고 발을 동동 구를 뿐, 뾰족한 수가 없는 것 같았다.

그들이 머뭇거리는 동안 괴물은 수호인들이 지은 얼음집 근처까지 왔다.

"어쩔 거야? 대답들 좀 해봐!"

필리코니스가 다급하게 말하는 바람에 하마터면 소리를 지를 뻔했다.

"승산이 없잖아. 괜히 덤볐다가 무슨 일이라도 생기면 어떡해? 이대로 숨어 있으면 그냥 지나칠지도 몰라."

"쿵쿵쿵쿵쿵쿵쿵."

피 냄새가 짙어진다.
가까이에 놈들이 있다.
피 냄새가 짙어진다.
순순히 나오너라.

프랭크의 말이 무색할 정도로 괴물의 노래는 계속해서 울려 퍼졌다. 프랭크는 입술을 덜덜 떨었다.

"아, 어떡해. 콜록, 하지만 이대로 가만히 앉아서 잡히는 것보다 싸우다 잡히는 게 낫잖아? 콜록, 모르겠어. 잘 모르겠지만

난 이대로 있긴 싫어."

시비어가 울상을 지으며 말했다. 입에서 나오는 입김 때문에 얼굴이 가려질 정도였다.

"무턱대고 싸울 수는 없어."

"작전을 세우자는 얘기야?"

"모르지, 계획만 잘 세우면 이길 수 있을지도……."

괴물은 점점 그들에게 접근해 오고 있었다.

필리코니스는 다급한 마음을 접고, 잠시 생각해 보았다.

'어떡하면 저 괴물을 이길 수 있을까? 첫째, 시비어가 유리하다. 시비어의 공격에 초점을 맞추자. 둘째, 우선 몸을 녹이자. 몸이 언 상태에서는 아무것도 못하니까 충분히 몸을 풀자.'

"우선 시비어가 집중적으로 공격하는 게 좋겠어. 이 싸움에서는 시비어가 유리하니까. 그리고 일단 불은 꺼뜨리지 마. 몸을 녹여야 하니까. 모두 손발을 비벼서 열이 나게 하고 언 몸을 풀자."

필리코니스가 말하자, 그들은 불가에 모여 얼었던 몸을 말없이 녹였다.

"아, 괴물이 거의 다 왔다!!"

시비어는 눈을 감고 도움이 될 만한 주문을 읊조렸다. 필리코니스도 손발을 비비면서 머리 속에 마법에 대한 생각을 가득 채웠다.

"이제 나가자!"

그들은 망토에 묻은 눈을 털고 얼음집 밖으로 나갔다. 심장이 어찌나 빨리 뛰는지 밖으로 튀어나올 것만 같았다.

"쿵쿵쿵 획!"

거대한 괴물이 갑자기 그들을 돌아보았다. 눈동자가 불타오르고 있었다.

보았다 보았다.
심판의 시간이 가까워졌다.

보았다 보았다.
심판의 시간이 가까워졌다.

"놈이 우리를 발견했군."

프랭크가 낮은 목소리로 말했다.

'아뿔싸!'

괴물의 빨간 눈이 필리코니스의 눈과 마주쳤다. 마치 자석이 끌어당기는 것처럼 괴물의 눈길에서 뗄 수가 없었다. 괴물이 필리코니스를 향해 달려왔다.

"시비어!"

필리코니스는 다급하게 시비어를 불렀다.

"……"

대답은 없었지만 시비어는 필리코니스를 향해 어색하게 고

개를 끄덕였다. 그녀는 지팡이로 엑스 자를 그리고는 호령하듯
외쳤다.

"루비듀모스!"

시비어를 중심으로 불길이 솟아올랐다. 불길은 원을 그리며
타올랐다. 시비어는 빠르게 다음 주문을 외웠다.

"스토믹!"

시비어 주변의 불길이 치솟더니 불기둥이 되었다. 시비어는
불 속에 갇혔다. 위험했다. 불기둥 속에서 시비어가 뭐라고 외
쳤다. 잘 안 들렸지만 귀 기울여 들어 보니 자신은 위험하지
않다는 말이었다.

"정말이야?"

"그렇다니까! 내 걱정은 하지 마. 괴물은 어디 있어?"

그렇다. 그들은 잠시 괴물을 잊고 있었다. 놈은 덩치는 크지
만 느린 데 비해, 그들은 작지만 재빨랐다. 놈은 손에 커다란
곤봉을 들고 있었다. 얼음 곤봉이었다. 얼음이 온통 뾰족뾰족
튀어나와 한번 맞으면 즉사할 것처럼 무시무시했다. 갑자기 큰
바람이 일어서 그들은 날아갈 것만 같았다.

"위-잉 휘-잉."

놈이 곤봉을 휘둘렀다. 자칫하다 곤봉에 깔릴 것 같았다. 재
빨리 도망쳐야 했다.

"퍽. 위-잉 퍽."

"아악! 어떻게 해! 우리 다 죽을 것 같아!"

그들은 괴물의 위력에 놀라 이리저리 피하기에 바빴다. 괴물은 곤봉을 휘두르며 성큼성큼 그들을 향해 다가왔다. 그 순간 필리코니스가 위험에 처했다. 괴물이 그를 향해 곤봉을 내리친 것이다.

"아ー악!"

필리코니스는 고꾸라졌다. 하지만 날쌔게 피한 탓에 괴물이 헛방망이질을 했다.

"지지직ー"

그 순간 시비어가 만들어낸 불기둥이 괴물을 덮쳤다. 얼음 곤봉은 순식간에 녹아 내렸다. 그러나 놈의 입에서 보석처럼 반짝이는 결정들이 시비어의 불기둥과 맞섰다.

"지직ー 톡톡톡톡톡."

결정들의 기세가 맹렬했다. 불기둥이 점차 밀리고 있었다. 필리코니스가 시비어를 도우려고 주문을 외웠으나 결정들에 의해 빗나가고 말았다. 플럭, 위시드, 바이올렛도 시비어를 도우려고 애썼으나 오히려 그들 모두가 위험에 처할 뻔했다. 마침내 불기둥이 없어져 버렸다. 결정들이 시비어를 공격했다.

"아아, 아악!"

시비어의 비명 소리가 들리더니 금세 끊겼다.

"시비어! 시비어!"

시비어가 얼어붙었다. 얼음 기둥이 된 것이다. 필사적으로 마지막 주문을 외우려는 모습 그대로 얼음 속에 갇혔다. 모두

머리를 둔기로 맞은 듯 멍했다.

'침착하게 생각하자. 침착하게 생각하자.'

"쿵쿵쿵쿵쿵쿵."

놈은 한 명을 해치웠다는 만족감으로 씩 웃었다. 누런 이빨이 징그럽게 드러났다.

"쿵쿵쿵쿵쿵쿵."

"일단 뛰어!"

모두 정신없이 달렸다.

"헥헥헥."

"쿵쿵쿵쿵쿵쿵."

괴물은 끈질기게 그들을 뒤쫓았다.

"이봐, 애들아."

어디선가 환청이 들리는 듯했다. 아니, 누군가가 부르는 소리 같았다.

"이봐, 이봐, 애들아!"

'히익!'

없어졌던 주베츠가 뒤에서 그들에게 오라는 듯 손짓하고 있었다.

"애들아, 내 뒤를 따라와. 그래야 살 수 있어."

그녀는 그렇게 말하고 그들보다 앞서 나갔다. 그녀의 등에는 날개가 솟아 있었다.

"애들아, 주베츠를 따라가자!"

이상한 괴물 스쿱

"주베츠를 믿었다가 큰코다칠지도 몰라."

"이러지도 저러지도 못하는 상황이니까 한번 믿어 보자."

"그래, 믿어 보자."

모두 찬성했으나 프랭크는 달갑지 않은 눈치였다.

"쉐에에엑- 쉐에엑."

괴물은 또다시 이상한 소리를 냈다.

"앗!"

필리코니스는 뒷목이 심하게 따끔거렸다. 만져 보니 얼음 결정들이 박혀 있고 피가 흘렀다. 놈이 또다시 입김을 부는 모양이었다.

"빨리빨리 뛰어! 놈이 공격하고 있어!"

그들은 필사적으로 달렸다. 점점 바닥은 빙판이 되어 가고 있어서 조심조심 걸을 수밖에 없었다.

"꽈당!"

얼마 못 가 위시드가 넘어지고 말았다. 일어나려고 애썼으나 그녀는 자꾸 넘어졌다. 그러는 사이, 괴물과 그들과의 간격이 점점 좁혀지고 있었다.

"쿵쿵쿵쿵."

"걱정하지 마."

주베츠는 그들을 안심시킨 뒤, 품속에서 지팡이를 꺼내더니 절단 주문을 외웠다.

"자컷!"

그들이 서 있는 빙판 주위가 동그랗게 잘려졌다. 까딱하면 얼음 밑 물 속으로 가라앉을 기세였다.

"테포테포!"

빙판이 위로 떠올랐다. 주베츠가 공중부양 주문을 외운 것이다.

"아직 내 실력이 미숙해서 높이 떠오르지는 못 해. 방심해서는 안 되니까 단단히 잡아."

"쉬이익-"

빙판이 조심스럽게 날아갔다. 꾸물꾸물 가는 폼이 영 시원치 않았다.

"저 괴물은 '스쿱'이야. 입김과 얼음 곤봉을 무기로 하는 어둠의 무리 부하 괴물이지. 지능이 낮고, 생물의 피 냄새를 잘 맡으니까 상처 같은 것이 있으면 금세 찾아낼 거야."

주베츠의 말에 필리코니스는 얼른 옷을 찢어 손을 동여맸다.

"단단히 매는 것이 좋아. 그래야 냄새를 못 맡지."

주베츠는 예리했다. 필리코니스는 그녀에게 살짝 웃어 보이면서 옷자락을 더 찢었다.

"스스스쉐에엑, 스웨웨액, 쉐에에엑."

"망토로 몸을 덮어!"

그들은 망토로 온몸을 감쌌지만, 주베츠는 필리코니스의 말을 따르지 않았다.

"주베츠!"

이상한 괴물 스쿱

"메키돔스 나프네크 메키돔스!"

주베츠가 방탄 마법을 외우자, 빙판 주위에 투명한 보호막이 생겼다. 스쿱은 자신의 공격이 먹히지 않자 마치 고릴라처럼 가슴을 두드리며 분노를 나타냈다.

"우으으으-"

한시름 놓았지만 산 넘어 산이었다. 필리코니스는 주베츠에게 조심스럽게 물었다.

"주베츠, 이제 어떡하지? 시비어는 얼음 기둥이 되었고, 스쿱은 계속 공격하고 있고……. 어쨌든 물리쳐야 하는데 더 이상 방법이 없으니……."

"그래서 내가 너희를 부른 거야. 스쿱은 약점이 하나 있어."

모두 침을 꿀꺽 삼키고 주베츠의 말에 귀를 기울였다.

"뭔데?"

그때, 스쿱이 다시 성큼성큼 그들을 향해 다가왔다.

"혀, 혀에서 얼음 결정들이 만들어지니까 혀를 공격하면 스쿱은 공격 기능을 상실해 버려! 얼음 곤봉은 시비어가 녹였으니까 우리는 혀를 공격하면 돼. 놈은 혀가 없어지면 곧바로 가루가 돼!"

"고마워. 주베츠!"

주베츠의 정보로 인해 그들은 용기를 되찾았다. 그들이 타고 있는 빙판은 주베츠로 인해 방향을 틀었다. 방탄 마법도 해제시켰다. 스쿱의 눈은 이글이글 타오르고 있었다. 놈이 먼저 공격을 했다.

"스웨웨에에에-."

"메키돔스 나프네크 메키돔스!"

간발의 차이로 주베츠가 방어막을 쳤다. 스쿱은 또다시 가슴을 두드렸다. 스쿱의 입은 흉측하게 벌어져 있었다.

"이때다! 리메키돔스!"

주베츠가 숨이 넘어가도록 방탄 마법을 풀었다. 방탄 마법이 풀리자마자 위시드가 스쿱의 혀에 조준해서 마법을 걸었다.

"라이츠!"

위시드의 지팡이 끝에서 번개가 튀어나갔다.

"명중이야!"

스쿱은 혀를 뎄는지, 커다란 덩치로 발을 동동 굴렀다.

"우오오오- 쿵쾅쿵쾅-."

"요란하군."

플럭이 코웃음을 치며 말했다.

"근데… 이게 먹힐까?"

주베츠가 물었다. 그는 잠시 고민하더니 지팡이를 스쿱의 혀에 조준시켰다. 그리고 눈을 질끈 감고는 단호한 목소리로 말했다.

"자컷! 스쿱의 혀!"

필리코니스는 마치 슬로 비디오를 보는 것처럼 그녀의 마법을 지켜보았다.

"싹둑."

왠지 성공한 느낌이었다.

"맙소사!"

데이피가 스쿱의 다리 부분을 가리켰다. 놀랍게도 스쿱의 다리털이 잘려지고 있었다.

"싹둑싹둑."

주베츠는 어쩔 줄 몰라했다.

"킬킬킬- *크크크크*"

스쿱이 비아냥거리듯 웃어젖혔다.

"에잇, 라이츠!"

위시드가 이번에는 스쿱의 눈을 공격했다.

"지지직."

스쿱이 커다란 손으로 눈을 감싸며 비틀거렸다. 필리코니스는 주베츠에게 눈짓을 했다. 주베츠는 눈을 감고 집중하는 듯하더니 더욱 단호한 목소리로 주문을 외웠다.

"자컷! 스쿱의 혀!"

주베츠의 지팡이 끝에서 파란 섬광이 빠져 나와 스쿱의 혀에 닿았다. 그리고는 놈의 혀를 단번에 잘랐다. 모두들 차마 보지 못하겠는지 고개를 돌렸다.

"캑캑캑. 우으으윽- 쿵!"

스쿱의 거대한 몸이 단번에 쓰러졌고, 잘려진 혀는 꽁꽁 언 얼음 위로 떨어져 검은 피가 솟구쳤다. 콸콸 쏟아지는 피가 너무 뜨거워 옵스트러의 눈과 얼음을 녹이기 시작했다. 눈보라는 그쳤고, 점점 따스한 바람이 불어 왔다.

"와~ 이겼다!"

그들은 너나 할 것 없이 포옹을 하며 기뻐했다. 그들이 타고 있던 빙판은 서서히 내려갔고, 드디어 마른 땅에 폴짝 뛰어내리자 빙판은 금세 녹아 흔적도 없이 사라졌다.

"참, 시비어를 구해야지."

승리한 기쁨에 취해 잠깐 시비어를 잊고 있던 그들은 멀리 보이는 얼음 기둥을 향해 달려갔다.

"이 혀를 가지고 가야 할 것 같은데?"

프랭크는 그렇게 말했으나 피가 아직도 뚝뚝 떨어져서 만지고 싶은 생각이 사라졌다.

"냄새가 고약한걸!"

플럭이 주베츠의 지팡이를 빼앗더니 스쿱의 혀를 꼬치에 끼우듯 지팡이에 끼우고 달려갔다.

"플럭!"

주베츠가 소리 지르면서 플럭의 뒤를 쫓았다. 플럭이 필리코니스에게 혀를 던졌다.

"이크! 손에 냄새가 배면 어떡하지?"

필리코니스는 주춤거리다가 스쿱의 혀를 집었다. 그리고 얼음이 된 시비어에게 다가갔다. 얼음 기둥이 된 시비어는 아직 그대로 있었다. 필리코니스가 얼음 기둥 위에 혀를 올려놓자,

혀에서 흐르는 뜨거운 피가 얼음을 서서히 녹였다.

얼음이 다 녹자, 창백한 시비어의 얼굴에 핏기가 돌았다. 시비어가 눈을 떴다.

"괴물은 죽었어. 우리가 이겼거든."

위시드가 자랑스럽게 말했다.

"몸이 얼 때 정말 무서웠어. 발끝부터 얼어붙는 그 끔찍한 느낌이란……"

시비어가 미간을 찌푸리며 그때 상황을 떠올렸다.

"이젠 괜찮아."

프랭크가 시비어를 위로했다.

"야, 그때 일은 생각하기도 싫다."

위시드가 고개를 가로저으며 말했다.

"아무튼 다행이다. 어서 여길 빠져나가자."

필리코니스는 아이들을 재촉했다. 그들은 주위를 둘러보았다. 그리고 문이 보이는 쪽으로 달려가서 잠금 해제 주문을 외우고는 밖으로 빠져나갔다. 바깥 공기가 신선하게 느껴졌다.

"주베츠, 어떻게 된 거야? 그 날개는 또 뭐고, 그리고 왜 갑자기 마음이 바뀌었지? 사라졌다가 갑자기 나타난 건 뭐고."

플럭이 싸울 기세로 한꺼번에 물었다.

"하나씩 물어 봐. 음, 내 얘기는 별로 하고 싶지 않은데……"

주베츠가 망설였다.

"네가 얘기를 해줘야 우리가 오해를 하지 않지."

주베츠는 땅을 바라보며 한동안 침묵했다. 그녀는 몹시 고민하는 듯했고, 모두 그녀가 말하기를 기다릴 수밖에 없었다. 잠시 후 그녀가 말했다.

"나는 원래 심부름꾼 요정이었어. 암흑기 때 어둠의 무리에게 끌려간 요정. 내 친구들과 가족들은 물론 모두 죽었지. 그러고 보면 나는 참 운도 좋지? 수많은 요정들 중에 나 혼자 살아남은 걸 보면. 하지만 결코 살았다고 해서 기뻤던 것만은 아니야. 오히려 더 비참했다고 할까. 난 내 자아를 빼앗겼거든. 킥워드란 자에게. 작고 힘없는 나에게 어둠의 무리는 혹독한 훈련을 시켰지. 너무 힘든 나머지, 그냥 죽게 내버려두지 않은 하늘을 원망하기도 했어. 또 그들이 왜 하필 나를 선택했는지도 몰랐었어. 그런데 난 금세 알게 되었지. 그들의 속셈을. 그들은 매직 아일랜드의 각 부족에서 무작위로 한 명씩 뽑아 첩자와 어둠의 마법사로 키우기로 했던 거야. 만약 어둠의 무리가 무너진다 해도 다시 재기하기 쉽도록 하기 위해서였지. 교활한 그들에게서 수없이 도망치려 했지만, 어둠의 무리는 요정 하나의 자아를 빼앗는 것쯤은 식은 죽 먹기나 다름없었어. 결국 나는 요정 주디에서 어둠의 무리의 인간 병기 주베츠로 다시 태어난 거야. 이것이 암흑기, 즉 어둠의 무리의 전성기에 있었던 일이지. 내가 너희들을 공격하려고 했다가 다시 돕게 된 이유는… 아니, 주베츠에서 요정 주디로 돌아오게 된 까닭은 너희들이 더 잘 알 것 같은데?"

이상한 괴물 스쿱

주베츠, 아니 주디가 그들에게 물었다.

"우리는 네가 필리코니스의 가슴에서 피어오른 흰 연기와 함께 사라졌다는 것밖에 몰라."

위시드가 거칠어진 손을 매만지며 말했다. 그러자 주디는 그들에게 어깨를 으쓱해 보이더니 말했다.

"필리코니스는 매직 아일랜드를 수호하는 어둠이고, 나는 킥워드가 상징하는 파괴의 어둠이야. 둘은 같아 보이면서도 서로 상극이지. 필리코니스가 내 공격을 받고 쓰러졌을 때 필리코니스의 내면에 웅크리고 있던 희망의 기운이 깨어난 거야."

"희망?"

필리코니스는 자신의 내면에 희망의 기운이란 것이 있는지도 몰랐다. 그는 주디의 말에 너무 놀라 그녀의 말허리를 자르고 말았다.

"그래 희망. 나의 어둠은 오로지 파괴뿐이야. 그런데 너는 부럽게도 치유, 회복, 파괴, 희망의 속성을 모두 가지고 있어. 덕분에 난 너에게 졌고, 또 너로 인해 다시 내 자아를 찾게 되었어. 그것이 너무 고마워."

주디가 필리코니스에게 손을 내밀었다. 필리코니스는 얼떨결에 악수를 했다.

"주디 덕분에 우리가 옵스트러를 빠져나올 수 있었어."

필리코니스는 주디에게 감사의 표시를 어떻게 해야 할지 몰라 살짝 미소를 지으며 말했다. 그 모습을 보고 모두 흐뭇한 마음이 되었다.

그들은 이제 망토를 가다듬고 총총히 숲 어귀로 들어섰다. 주디는 날갯짓을 하며 그들 위를 천천히 비행했다.

"주디, 어디 가려고?"

수호인들이 한 목소리로 물었다.

"이제 내가 살던 마을에 가봐야 해. 포플 나무에서 많은 요정들이 다시 태어났을 거야."

"꼭, 행복해야 해. 다시 만나자."

그들은 힘차게 손을 흔들었다. 이별은 또 다른 만남이라는 말처럼, 언젠가 주디와 다시 만나길 기원하며 그들은 숲으로 들어갔다.

13

유령마을 펜타콘

조금 걸어 들어가니 '바콧'이라는 팻말이 보였다.
또다시 산이었지만, 이제 산 공기와 나무들이 모두 친숙하고

정답게 느껴졌다. 그러나 비터콜드에서 체력을 소진한 탓인지
피곤한 기색이 역력했다.

"바콧산 속엔 어떤 마을이 있을까?"

위시드의 물음에 필리코니스는 지도를 펴보았다.

"음… 으으… 유령마을 *펜타콘*."

"맙소사! 유령?"

유령마을 펜타콘

침묵을 지키던 그들은 너나 할 것 없이 시끌벅적해졌다. 프랭크가 숨을 한 번 크게 들이쉬더니 제일 큰 소리로 말했다.

"크레용 족, 땅굴마을 사람들, 엘프 족, 정령들, 이제 유령이군. 하지만 이제 별로 두렵지도 않은걸?'"

그는 나름대로 자신감이 생긴 것 같았다. 모두 제발 무서운 일이 생기지 않기를 바랐다.

산 어귀에는 꽃이나 풀 따위가 보이지 않았다. 산치고는 나무도 앙상하고 헛헛해 보여서 쓸쓸함이 느껴졌다.

"우리가 유령들에게까지 환영을 받을 수 있다고 생각해?'"

"글쎄, 예전의 마을들은 우리가 황송할 정도로 대접을 잘해 줬었는데……."

프랭크와 플럭의 대화를 듣고 보니, 유령마을 팬타콘에서는 그들이 불청객이 될지도 몰랐다.

"어둑어둑해진다!"

바콧산에 밤이 찾아왔다. 달빛이 엷게 비추는 큰 고목나무 아래 그들은 짐을 풀었다. 그리고 내일을 기약하면서 잠이 들었다.

다음날 아침, 시비어가 가장 먼저 아침을 맞았다. 그녀는 기지개를 켠 뒤 위시드와 바이올렛을 흔들어 깨웠다. 이윽고 그들은 모두 일어나 개울가에서 대충 세수를 했다.

"이크, 물이 왜 이렇게 흐리지?"

플럭이 투덜댔다. 바콧산의 물은 모두 흐릿흐릿했다.

"그래도 물이 있는 게 다행이야."

프랭크는 아무렇지도 않다는 듯이 얼굴을 씻고, 필리코니스에게 수건 대신 쓰는 천 조각을 넘겼다.

그들은 세수를 마치고 불을 피웠다.

"여긴 먹을 게 아무것도 없잖아?"

위시드가 이끼 위로 털썩 주저앉으며 말했다.

"그냥 굶자. 한 끼 안 먹는다고 설마 죽겠니?"

프랭크는 별로 배가 고프지 않은지 가방을 둘러메고는 떠날 채비를 했다.

"그렇게 쉽게 말할 문제가 아냐. 벌써 배꼽시계가 울린다고."

플럭이 배를 움켜쥐며 말했다.

"그럼 먹을 게 없는 걸 어떡해. 필리코니스! 펜타콘까지 얼마나 남았는지 지도 좀 보자."

필리코니스가 들고 있던 지도를 시비어에게 주었다.

"가만 보자. 엥? 얼마 안 남았잖아! 플럭, 조금만 참아라. 이위로 쭉 올라가다 보면 펜타콘이 나와. 마을에 가면 먹을 것을 주겠지."

"생각을 해봐! 유령들이 뭘 먹겠어?"

플럭이 유령을 만날 생각을 하니 두려운지 온몸을 부르르 떨며 말했다.

"듣고 보니 그렇기도 하군. 아무튼 그냥 가자. 여기서 죽치고 있다가 굶어죽는 것보다는 낫겠지."

시비어가 플럭을 억지로 일으켜 세웠다.

"그럼 빨리 가자."

"벌써 프랭크는 떠났어."

플럭이 마구 달려 프랭크를 뒤쫓았다. 프랭크는 질세라 더 빨리 달렸다. 그러다 플럭이 돌부리에 걸려 넘어졌다. 여자아이들은 신나서 깔깔깔 웃어 대고, 데이피는 달려가서 못 일어나도록 장난을 쳤다.

"에이, 퉤퉤."

플럭이 데이피에게서 간신히 빠져나와 입에 들어간 흙을 뱉었다. 그러나 가장 뒤처졌던 바이올렛은 그들이 장난치는 모습을 보지 못했는지 무표정한 채 걸어왔다.

"빨리 와, 바이올렛!"

길은 오르막이어서 힘들게 걸어야 했다. 땀은 줄줄 흐르고, 넘어지지 않으려고 손으로 땅을 짚다 보니 상처투성이가 되었다. 필리코니스는 아직 손의 상처가 낫지 않아 더욱 힘들었다.

"시비어! 얼마나 남았니?"

맨앞에 있던 플럭이 지도를 가지고 있는 시비어를 돌아보며 물었다. 시비어는 자꾸만 뒤처지는 바이올렛과 함께 오느라 맨 꼴찌로 따라오고 있었다.

"기다려 봐."

그녀는 땀 닦으랴, 지도 보랴 정신이 없었다.

"이제 우리가 온 만큼만 더 가면 돼."

"뭐?"

플럭이 기절하는 시늉을 했다. 모두들 맥이 빠졌다.

"하지만 곧 평탄한 길이 나올 거야."

그들은 그제야 미소를 지었다.

시비어의 말대로 조금 더 걸으니 점점 경사가 완만해졌고
결국 평지를 걷게 되었다.

"휴- 살 것 같네."

가장 힘겨워하던 바이올렛이 자신의 땀에 전 수건을 짜며
말했다. 이제 제법 올라갔는지 서늘한 기운이 느껴졌다. 지금
까지의 고생을 보상해 주기라도 하듯 시원한 바람까지 불어
주었다. 그런데 점점 걸을수록 그들은 땅이 질척거리는 것을
느낄 수 있었다.

"뭐지? 벌써 신발이 진흙 범벅이 됐어."

시비어가 자신의 신발을 들여다보며 말했다.

"무슨 냄새 안 나니?"

바이올렛이 돼지처럼 코를 킁킁댔다.

"글쎄, 술 냄새 같기도 하고……."

필리코니스는 언젠가 집에서 호기심으로 맡아 본 술 냄새와
비슷하다는 걸 알아챘다. 그들이 불평하는 사이 그들의 시야에
는 이미 펜타콘의 커다란 입구가 들어와 있었다.

입구는 악취가 풍기는 흑갈색의 나무로 엉성하게 '유령마을
펜타콘'이라는 글씨만 새겨져 있었다.

"들어가고 싶지 않은걸?"

데이피가 주춤거렸다.

"혹시 알아? 지난번처럼 환영해 줄지."

플러이 씩씩하게 먼저 들어갔다. 문은 반쯤 열려 있어서 쉽게 들어갈 수 있었다.

그런데 유령마을 펜타콘은 상상했던 것과는 너무 달라 충격이었다. 그들은 비록 유령들의 마을이지만 조금은 사람 사는 마을같이 따스한 온기는 있을 것이라고 생각했었다. 그러나 그들에게 보여진 마을의 모습은 전쟁 뒤의 폐허나 다름없었고, 으스스한 기운마저 느껴졌다. 빨리 이곳을 벗어나야겠다는 생각이 모두의 머리를 스쳤다.

유령들은 보이지 않았고 집인지 쓰레기 더미인지 구분이 가지 않는 목조 건물들이 즐비하게 늘어서 있었다. 바닥에는 알 수 없는 글로 쓰인 술 냄새 나는 병들이 흩어져 있었고(그 가운데는 깨진 것도 몇 개 있었다) 마을 전체에 알 수 없는 악취가 풍기고 있었다. 플러은 먼저 씩씩하게 들어갔던 자신이 멋쩍은지 머리를 긁적거렸다.

"최악이군."

프랭크가 바닥에 뒹구는 술병 하나를 집었다가 내려놓으며 말했다. 아무도 나오지 않는 것이 수상쩍었다. 환영은 고사하고 유령의 코빼기도 안 비치니, 이 마을이 그려진 지도가 누구를 위한 것인지 의심스러워졌다.

유령마을 펜타콘

그때 멀리서 희끄무레한 물체가 다가왔다. 순간 그가 유령이
란 것을 알고 모두가 몸을 움츠렸다. 그러나 가까이 보니 그다
지 혐오스럽지는 않았다. 유령은 창백한 사람의 얼굴과 비슷했
다. 그는 수호인들을 위아래로 살펴보더니 천천히 말했다.

"수호인들, 나는 펜타콘의 우두머리요. 묵을 곳으로 안내해
드리겠소. 이곳은 아직 민심이 흉흉하니 외출을 삼가 주시오.
불시에 당한 공격까지는 책임 못 지오."

유령마을의 우두머리라는 그는 수호인들에게 겁을 단단히
주려고 마음먹은 모양이었다. 모두 지레 겁을 먹긴 했으나 막
상 그를 대하니 다른 유령들과 싸워도 이길 것 같다는 생각이
들어 조금 안심이 되었다.

"따라오시오."

그는 몸이 공중에 붕 뜬 채로 천천히 그들을 안내해 갔다.

'설마 우리가 묵을 곳이 이 쓰레기 더미 같은 곳은 아니겠
지?'

모두가 그런 상상을 하며 유령의 뒤를 따라갔다.

"식사는 다른 유령이 갖다 줄 것이오. 그럼."

우두머리 유령이 안내해 준 곳은 다행히도 소박한 나무집이
었다. 플럭은 냄새가 나는지, 안 나는지 나무집 기둥에 코를 갖
다 대고 킁킁거렸다.

"냄새는 안 나는군."

플럭의 말을 듣자 안심이 되는지 여자아이들은 자신들이 묵

을 나무집으로 들어갔다. 남자아이들이 묵을 집을 1나무집이
라고 부르고, 여자아이들이 묵을 집을 2나무집이라고 부르기
로 했다.

"이제 정말 밥 먹을 시간이야."

플럭은 신발을 벗지도 않은 채로 침대에 벌렁 누워 버렸다.
그가 눕자마자 나무집 문 아래 구멍 덮개가 삐그덕 열리더니
음식이 담긴 쟁반 4개가 들어왔다.

"우리가 죄수도 아니고……"

가까이 가서 음식을 살펴보니 풀과 물렁물렁한 버섯 몇 개
가 전부였다.

"맙소사! 너무하잖아!"

플럭은 무슨 진수성찬이라도 기대했는지 못 먹겠다고 투정
을 부렸다. 하지만 그다지 못 먹을 것처럼 보이는 것도 아니어
서 필리코니스와 프랭크는 그냥 먹기로 했다.

"그냥 먹어 둬. 맛도 그럭저럭 괜찮아."

프랭크가 데이피와 플럭의 몫인 쟁반 두 개를 그들에게 건
넸다. 데이피는 할 수 없다는 듯이 나무 주걱으로 음식을 퍼먹
었고, 플럭도 끝까지 버티다가 결국 먹고 말았다.

"에이, 괜히 먹었어. 더 배고픈 것 같잖아."

플럭은 배를 몇 번 쓰다듬더니 이번엔 바닥에 누워 버렸다.
그들은 쟁반을 포개어 문 밖에 내다놓았다. 조금 있다 보니 쟁
반은 가져갔는지 보이지 않았다. 필리코니스는 문을 열고 바깥

에 있는 신발을 털어 안에 들여 놓았다. 밖에 놔두면 혹시 유령이 가져갈지 몰라서였다.

문을 단단히 잠그고 등불을 켰다. 어두웠던 안이 환해지고 따뜻해졌다.

"여기서도 크리스털을 얻을 수 있을까?"

"순순히 줄 것 같진 않은데……."

"우두머리 유령이 우리를 반기는 눈치는 아니었어."

"반기기는커녕 못마땅해하더라."

"어쩌면 크리스털을 얻기가 어려울지도 몰라."

"글쎄, 그렇게 되면 곤란한데. 여기서는 뭐든지 쉽지 않을 것 같아."

"유령들이 공격한다는 말이 사실일까?"

"괜히 겁주려고 한 말 같지는 않아."

"여기서 지체하면 안 될 것 같아. 빨리 크리스털을 얻어 가지고 이 마을을 떠나자."

"나도 바라는 바야."

그들은 한참 동안 펜타콘에 대한 이야기를 나누다가 새벽 3시쯤 등불을 껐다.

얼마 잔 것 같지도 않은데 밖에서 시비어가 일어나라고 법석을 떨었다. 시비어는 평소에 어울리지 않게 일찍 일어났다. 데이피는 세상 모르게 자고 있고, 플럭은 반쯤 깬 상태였다. 프랭크가 입이 찢어져라 하품을 해대서 필리코니스까지 덩달아

하품을 하게 되었다.

시비어는 발을 문틈에 끼우고 억지로 문을 열었다. 그리고는 소리를 고래고래 질렀다.

"기상!"

자명종이 따로 없는 그녀의 목소리 덕분에 모두 이른 시간에 일어났다. 펜타콘의 새벽 공기는 매우 차갑고 썰렁했다. 안개까지 자욱하게 낀 것이 더 으스스했다. 아직 유령은 우두머리 유령밖에 보지 못했다.

"크흐- 이봐, 너희가 그 유명한 수호인들이냐?"

안개 속에서 비틀거리며 무언가가 둥실둥실 떠다녔다. 두번째로 보는 유령이었다. 그들은 뒤로 한 발짝 물러섰다. 유령이 서서히 모습을 드러냈다. 군데군데 찢겨진 망토와 하의, 그리고 아무렇게나 자란 머리카락과 수염이 얼굴을 뒤덮고 있었다. 그의 손에는 술 한 병이 들려 있었는데, 그는 술을 한 모금 마시더니 그들에게 다시 말을 걸었다.

"나를 유령이라고 깔보는 게냐? 난 이래봬도 암흑기 때 목숨을 바쳐 싸웠던 최고의 마법사라 이거야."

그는 암흑기 때 어둠의 무리와 싸우다 죽은 마법사인 것 같았다.

"혹시 펄키, 노먼, 피블을 아세요?"

위시드가 조심스럽게 물었다. 그는 위시드의 말에 눈이 초롱초롱해지더니 술을 한 모금 더 마시고는 말했다.

"알다마다. 노먼은 내 소중한 친구였어. 피블, 펄키 모두 내 절친한 동지들이었지. 아직도 비팀은 건재한가?"

"물론이죠. 아직 세 분이 비팀을 지키고 계세요."

"내 이름은 혹이다. 매직 아일랜드의 5대 마법사 중 한 사람이지."

"5대 마법사라뇨?"

플럭이 물었다.

"5대 마법사는 노먼, 펄키, 피블, 혹, 맥, 나 이렇게 다섯 명을 말하는데, 암흑기에 나와 맥은 전사하고 노먼, 펄키, 피블만이 살아남은 거지."

그는 수호인들에게 대답을 해주고는 통나무 의자에 걸터앉았다.

"그럼 킥워드에게 죽, 죽임을 당하신 건가요?"

플럭이 머뭇거리며 물었다.

"킬킬킬, 다 지난 일을 뭐 하러 묻나? 어둠의 무리는 아무것도 아니었지. 킥워드 그자가 가장 골칫덩이였어. 무지막지하고 잔인하고 강했지."

그들이 아무 대꾸를 하지 않자, 그는 이어서 말했다.

"정확히 말하자면 킥워드한테 당한 게 아니라 블랙에게 당한 거지. 흐흐, 킥워드 그놈도 결국 블랙에 봉인되지 않았나? 자업자득이야. 흐흐흐. 펜타콘은 볼 것도 없는 곳이야. 유령들이 공격할지도 모르니, 어서 들어가 발 닦고 잠이나 자라."

47

그는 술에 취해서인지 낮을 밤인 줄 착각하는 것 같았다. 그들이 고개를 갸우뚱하며 서로를 쳐다보는 사이, 혹은 어느새 사라지고 없었다.

"휴우— 혹이 안됐어."

위시드가 한숨을 쉬며 말했다.

"그는 매직 아일랜드의 5대 마법사에서 술주정뱅이 유령이 되고 말았어."

프랭크가 맞장구쳤다.

"할 일도 없고……, 크리스털에 대해 그 우두머리 유령한테 물어 보러 갈까?"

플럭이 심심한 것 같았다.

"그가 어디에 사는지 알지도 못하는데 이곳에서 무작정 헤맬 생각은 하지 마. 더군다나 물어 볼 분위기도 아니고……."

"그래도 마을을 방문한 이상, 어디에 뭐가 있는지 봐두는 게 좋잖아."

"나는 여기를 돌아다니고 싶은 생각은 털끝만큼도 없어."

"오 프랭크, 비록 이곳은 이래도 다른 곳은 좋을지도 모르잖아? 또 유령들은 코빼기도 안 비치니 심심하고 궁금하잖아. 유령들은 도대체 어떻게 사는지……."

"이봐 플럭, 우두머리 유령이 말하는 거 못 들었어? 유령들이 공격할지도 모른다잖아."

"유령한테 질만큼 우리는 약하지 않아."

플럭은 그렇게 말하고 프랭크를 뒤로 한 채 앞으로 성큼성큼 걸어 나갔다.

"쳇, 쟤는 너무 겁이 없어."

프랭크가 필리코니스에게 그렇게 투덜대자, 플럭이 걸음을 멈추고 홱 돌아보며 말했다.

"프랭크, 네가 겁쟁이인 거겠지."

프랭크는 포기했다는 듯이 자신의 머리를 꾹꾹 눌렀다.

"네가 겁쟁이가 아니라면 따라와."

플럭이 경쾌하게 말하고는 앞으로 으쓱대며 걸어갔다.

"졌다, 졌어."

프랭크는 축 처진 채로 플럭을 뒤따라갔다. 물론 지팡이를 단단히 짚는 것도 잊지 않았다. 필리코니스와 데이피, 시비어, 위시드, 바이올렛도 무슨 탐험대라도 되는 것처럼 플럭의 지휘 아래 안개 속을 헤치며 펜타콘의 거리를 걸어갔다. 안개가 심하게 끼어서 앞이 잘 보이지 않았고, 그래서 서로 부딪히기까지 했다.

"아이쿠, 바이올렛 조심해!"

"필리코니스, 난 시비어야."

"오, 미안."

답답할 정도로 어두운 길에 점점 짜증이 나는지 여기저기서 불만을 털어놓았다.

"그냥 돌아가지 그래? 차라리 오두막에서 버섯을 먹을래."

"조금만 참아 봐, 시비어. 곧 안개가 걷히겠지."

그의 말대로 정말 조금 더 걸어가니 안개가 서서히 걷혔다.

"거봐, 내 말이 맞을 거라고 그랬지?"

플럭은 으스대며 휘파람을 불었다. 걸음이 훨씬 가벼워지고 시야가 깨끗해지니 정신도 맑아지는 듯했다. 하지만 거리의 악취와 썩은 나무와 빈 병들은 여전했다.

"어쩜 마을이 이렇게 고약할까?"

위시드가 코를 쥐며 말했다. 모두들 역한 냄새 때문에 토할 것 같은 느낌이 들었다.

"바이올렛, 바이올렛, 괜찮아?"

시비어가 창백해진 채 땀을 흘리는 바이올렛을 부축하며 다급히 말했다. 그들은 일제히 두 사람을 주목했다.

"우욱-"

"어머나."

바이올렛이 손으로 입을 가린 채 통나무 뒤로 달려가더니, 먹은 것을 다 토했다. 시비어가 다가가자 그녀는 시비어를 밀치고 멀리 달아났다.

"우욱-웩웩."

시비어가 토한 것을 보고 얼굴을 찌푸렸다. 그러나 금세 그녀에게 달려갔다.

"괜찮아? 바이올렛?"

모두 바이올렛에게 다가갔다. 창백한 얼굴에 화색이 돌자 그

들은 안심했다. 바이올렛은 더럽지만 유일하게 지니고 있는 천
으로 입가를 닦은 후, 그들에게 모기만한 소리로 미안하다고
말했다.

"괜찮아."

플럭이 그녀의 등을 툭툭 치고는 다시 통통 튀는 발걸음으
로 앞으로 걸어 나갔다.

"어? 우두머리 유령이야!"

플럭이 그들을 향해 뒤돌아보며 소리쳤다.

"우두머리 유령이라고! 모두들 와봐!"

그들은 일제히 플럭이 있는 곳으로 달려갔다.

"무슨 일들이오?"

유령은 무뚝뚝하게 말했다.

"저, 그냥 구경 좀 하려고요."

플럭이 머리를 긁적이며 말하자 그는 콧방귀를 뀌었다. 기분
이 썩 좋지 않은 듯했다.

"어서 나무집으로 돌아가시오."

그리고는 총총히 다른 곳을 응시하며 걸어갔다.

"이, 이봐요!"

플럭이 냅다 소리를 지르자, 그는 그들을 향해 고개를 획 돌
리고 노려보았다. 그러나 더 이상 말은 하지 않았다. 플럭이 주
책맞게 계속 말을 걸었다.

"이곳은… 크리스털을 가지고 있나요?"

플럭이 말을 마치자 유령은 눈을 게슴츠레하게 뜨더니 빠르고 낮은 목소리로 말했다.

"그것에 대해서는 차차 알게 될 것이오. 지금까지 어땠는지 모르지만 이곳 펜타콘에서는 쉽게 얻지 못할 것이오. 그것에 대해서는 술주정뱅이 작자 혹에게나 물어 보시오. 그럼 이만."

수호인들은 그의 말에 눈이 동그래졌다.

"이름이 뭐죠?"

"콜록, 맥이오."

그가 기침을 하며 말했다. 다들 눈이 왕방울만큼 튀어나올 듯이 커졌다. 그도 혹이 그랬던 것처럼 빠른 속도로 사라졌다.

"맥이라면?"

"혹 아저씨가 말해 주었던 5대 마법사 중 한 사람?"

"이름이 같을 수도 있잖아?"

그들은 혼란에 휩싸였다. 그래서 결국 유령마을 구경은 포기하고 혹을 만나 보기로 했다. 왔던 길로 되돌아가니 안개는 말끔히 걷혔으나 혹을 찾을 수는 없었다. 그래서 그들은 나무집으로 돌아가서 버섯을 먹고는 곧바로 잠이 들었다.

"혹 아저씨를 만나러 가자!"

역시 아침에 가장 먼저 그들을 깨운 건 시비어였다. 그녀는 아예 문을 차버릴 기세였다.

"알았어, 알았다고. 곧 나가."

수호인들은 시비어와 위시드의 재촉에 재빨리 옷을 갈아입고는 나무집 문을 열었다.

"몇 명씩 나뉘어 팀별로 다니기로 하자. 그리고 혹 아저씨를 만나는 대로 나무집으로 모셔 오는 거다."

필리코니스는 아이들을 어떻게 나눌까 하다가 결국 자신과 시비어, 플럭, 바이올렛을 한 팀으로 하고, 프랭크, 위시드, 데이피를 다른 한 팀으로 정했다.

"가자."

그러나 아무리 돌아다녀도 혹을 찾을 수 없어서 필리코니스 팀은 다시 나무집으로 돌아오고 말았다. 그때 혹이 프랭크, 위시드, 데이피와 함께 나무집 앞 통나무에 앉아 있었다.

"너희들이 찾았구나."

"필리코니스, 놀라지 마."

"무슨 일인데?"

데이피가 심각한 표정으로 말했다.

"우두머리 유령 맥이 5대 마법사의 맥과 같은 인물이래."

필리코니스 팀 아이들은 적잖이 놀랐다.

"정말이야?"

"정말이에요, 혹 아저씨?"

"그는 크리스털을 우리에게 넘겨 주는 것을 좋지 않게 생각하고 있었는걸요?"

그들은 쏜살같이 질문을 퍼부었다. 혹은 가래를 카악- 하고 뱉더니 술을 또 꿀꺽꿀꺽 마셨다. 그리고 입가를 닦지도 않은 채 말했다.

"내가 거짓말을 한다고 생각하는 게냐? 맥은 예전의 맥이 아니야! 하긴 너희 같은 풋내기들은 우리에 대해 모르는 게 당연하지."

"무슨 말씀을 하시는지 모르겠어요."

시비어가 감기에 걸렸는지 코를 훌쩍거리며 말했다.

"음, 5년 전으로 거슬러 올라가보면……, 암흑기 때 일이야. 비팀의 세 마법사 펄키 노먼, 피블, 나, 그리고 맥은 위치 빌리지와 위자덤의 마법사들과 함께 어둠의 무리를 막으려 했지."

"위치 빌리지와 위자덤이 뭐죠?"

"네 이름이 뭐더라? 오, 빨간 머리 시비어로구나. 위치 빌리지는 마녀마을이고 위자덤은 마법사의 마을이란다. 뭐, 말만 그렇지 위치상으로는 한 마을이나 다름없어. 으음, 아무튼 어디까지 했더라?"

"어둠의 무리를 막으려 했다고요."

"음, 그래그래. 내가 술에 찌들어서 정신이 늘 몽롱하단다. 흐흐흐… 어둠의 무리는 킥워드를 빼고는 별 볼일 없는 잡종 괴물들이 모인 쓰레기장이라고 할 수 있지. 킥워드도 사실 따지고 보면 우리보다 낮은 저급 마법사였어. 그건 정말 오래 전 일이구나. 기억도 가물가물해. 저급 마법사 워드는 블랙 크리스털을 킥워드 산에서 찾아냈어. 블랙의 힘을 빌려 간사하고 사악하고 세상을 지배할 그릇된 야망을 품은 마법사로 다시 태어난 거야. 이름도 킥워드로 고치고 말이다. 그는 매직 아일랜드의 생물들을 변종시켜 괴물을 만들고 카네트 산에서 어둠의 무리를 결성했어. 그 중 맥도 있었지."

그들은 소스라치게 놀랐다. 맥이 어둠의 무리였다니!

"맥이 어둠의 무리였다고요?"

플럭이 소란스럽게 말하자, 혹은 쉬쉬- 하며 손가락을 입에 가져다 댔다.

"조용히 하거라!"

"계속 말씀해 주세요."

프랭크가 정중히 요청하자 혹은 다시 말하기 시작했다.

"맥은 첩자 노릇을 해왔어. 우리와 어둠의 무리를 왔다갔다 하며 정보를 빼돌린 거야."

"어쩜!"

"하지만 우리는 곧 알아챌 수 있었어. 그의 방 안에서 해골 버클이 달린 망토가 발견되었거든. 딱 걸린 셈이지."

"맙소사!"

"어둠의 무리와 내통하고 있었다는 사실에 대해 우리가 추궁하며 몰아세우자 그는 무릎을 꿇고 우리에게 잘못을 빌더구나. 그리고는 어둠의 무리에서 손을 떼겠다고 했지."

"그걸 믿었나요?"

"우리는 무려 50년지기 친구였어. 결국 그의 허물을 덮어 주었지."

"실수하신 거예요!"

"꼭 그런 것만은 아니었어. 그는 어둠의 무리에게 배신 죄로 죽임을 당했으니까. 우리 편에 섰던 거나 마찬가지였지. 하지만 그 후가 문제야……."

"그 다음에 무슨 일이 있었나요?"

"맥은 너무 억울해했어. 우리에게 들켰을 때 어둠의 무리 쪽으로 완전히 돌아섰어야 했다고 줄곧 푸념해 왔지. 그리고 5대 마법사라면 실력이 뛰어나니까 유령이 된 맥을 어둠의 무리가 다시 이용하려는 것 같아."

"사실인가요?"

"물론 추측이지만, 내가 말하지 않았나? 맥과 나는 50년지기 친구라고. 그에 대해서는 모르는 게 없어. 그의 눈빛만 봐도 무엇을 생각하는지 알 정도니까."

"아직도 그가 어둠의 무리와 내통하고 있나요?"

"킥워드는 봉인됐지만 그를 따르는 무리들은 카네트 산에 비밀 결사대를 만들어 숨어 있지. 곧 킥워드가 봉인에서 풀릴 거라는 믿음 하에 여러 순진한 마녀와 마법사를 꼬드기고 있어."

"사악한 자들이군요."

"너희들의 모험은 지금부터 시작이야. 카네트 산은 악의 소굴이야. 모두 조심하고, 특히 맥을 경계해라. 그에게 맞설 사람은 나뿐이야."

"명심하겠어요."

유령마을 펜타곤

그들은 세차게 고개를 끄덕이고 그가 사는 통나무집의 위치를 나무집 앞에 그려 놓았다. 혹은 술병을 남긴 채 홀연히 사라졌다.

"맥을 조심하라, 이거지."

프랭크가 중얼거렸다.

"그자는 처음부터 마음에 안 들었어."

위시드가 맞장구쳤다. 데이피가 찬성한다는 듯 한 손을 번쩍 들었다.

"벌써 점심시간이네. 또 버섯을 먹어야겠지?"

플럭이 쏜살같이 나무집 문 앞에 달려가 유령을 기다렸다. 그들은 아직 음식을 배달해 주는 유령을 보지 못했기 때문에 플럭과 함께 기다리기로 했다.

"저벅저벅."

유령이 걸어왔다. 맥과 다를 바 없는 외모를 지닌 그는 그들을 힐끗 쳐다보더니 바닥에 쟁반들을 내려놓고는 가버렸다.

"저, 고맙습니다!"

시비어가 외쳤다. 그러나 그는 한번 쓰윽 돌아볼 뿐 아무 말이 없었다. 시비어가 무안한지 공연히 음식을 가지고 시비를 걸었다.

"또 버섯이야? 입에서 버섯 냄새가 나겠네."

"그러게 이빨을 닦으랬잖아."

플럭이 놀리자, 둘은 서로 웃고 때리고 난리를 피웠다.

"아, 배고파."

플럭이 마지막으로 시비어의 공격을 팔로 막아낸 뒤 쟁반들을 들고 1나무집으로 들어갔다.

그들은 어제까지만 해도 풀에는 손도 안 댔지만, 이제는 풀도 질겅질겅 씹어 먹을 줄 알게 되었다.

"꺼억- 배부르다."

데이피가 트림을 했다.

"아, 지저분한 자식!"

플럭과 데이피가 베개 싸움을 시작했다.

"퍽! 퍼퍽! 퍽!"

어느새 필리코니스까지 휘말리게 되었다. 프랭크는 말리려다 오히려 더 신나했다.

"퉤퉤!"

입에 깃털이 들어갔는지, 필리코니스가 깃털을 빼내려고 부산을 떨자 베개 싸움이 멎었다.

"퉤퉤!"

프랭크가 가장 많이 깃털을 뱉어냈다. 그리고는 멋쩍은지 밖으로 나가 버렸다.

"짜식, 혼자 점잖은 척은 다 하면서 제일 많이 뱉더라."

플럭이 프랭크를 향해 킬킬대며 말했다. 필리코니스는 왠지 플럭처럼 즐겁지만은 않았다. 펜타콘의 분위기에 적응이 안 된 탓일까? 뭔가 불안하고 초조했다. 그는 초조한 마음을 없애려고 바닥에 벌렁 드러누웠다가 그대로 잠이 들고 말았다.

"야! 이제 좀 일어나!"

데이피가 필리코니스를 흔들었다.

"알았어, 알았어."

깨어 보니 아침이었다.

"벌써 아침이야?"

"세상에, 너 거의 15시간 넘게 잤어."

프랭크가 팔짱을 낀 채 말했다.

"아침 식사는?"

그렇게 말한 순간 빈 접시가 담긴 쟁반 3개가 눈에 띄었다.

"음, 벌써 먹었구나."

"빨리 먹어라."

플럭이 필리코니스 몫의 음식을 그의 앞에 갖다 놓았다. 역시 음식은 풀과 버섯뿐이었다.

"우으으으으"

필리코니스는 머리를 쥐어뜯으며 겨우겨우 먹었다. 이젠 입에서 버섯 냄새가 벨 지경이었다.

"빨리 먹어, 난 이제 맛을 음미하면서 먹는다."

플럭이 자랑스럽게 말했지만, 필리코니스는 음미하기는커녕 도저히 넘어가질 않았다. 결국 허기진 배 덕분에 접시를 싹싹 비우긴 했지만……

"여기 오니까 유난히 배가 더 고프다."

"플럭, 넌 버섯만 먹고 살아도 되겠나?"

데이피가 버섯을 잘 먹는 플럭에게 면박을 주었다.

"똑똑."

"누구세요?"

데이피가 문을 열었다.

"곡스와의 결투가 1주일 남았습니다."

여자 유령이 둘둘 말린 종이를 데이피의 손에 쥐어 주었다.

"곡스라뇨?"

그러나 그녀는 벌써 문을 닫고 가버린 뒤였다.

"결투라니? 데이피, 그 종이 이리 줘봐!"

"어? 잠깐만."

누런 색의 종이는 돌돌 말려 빨간 끈으로 묶여 있었다. 데이피가 종이를 펴보았다.

펜타콘의 곡스 VS 수호인 7명

"에잉?"

데이피가 종이의 내용을 읽어 내려가다가 당황스러워 했다.

"이리 줘봐."

플럭이 가로채서 읽었다.

지금으로부터 1주일 뒤 펜타콘 공터에서 곡스와 수호인의 결투가 있다. 수호인들은 상대에 대한 정보를 익힌 뒤 각자 훈련에 임하기 바란다.

이번엔 프랭크가 플럭 대신 읽어 내려갔다.

유령마을 펜타콘

매직 아일랜드의 유일한 괴물의 혼령인 곡스는 눈이 3개다.

"음- 이게 다야?"

그들은 난데없는 결투라는 소식에 매우 당황해했다.

그때, 문이 열리고 여자아이들이 들어왔다.

"이게 어떻게 된 일이야? 결투라니?"

시비어가 씩씩대며 말했다.

"또 괴물과의 결투라는 거야? 빨리 이 마을을 떠나는 게 좋겠어."

이번엔 위시드가 말했다.

"곡스란 놈은 괴물 유령이고 눈이 3개라는 것 외에는 아는 것이 없어."

"프랭크, 어떻게 안 거야?"

"종이에 써 있잖아, 위시드."

"우리는 써 있는 것을 다 읽지도 않고 와버렸어. 너무 어이가 없었거든."

"펜타콘에 와서 일이 이상하게 돌아가는 것 같아. 이곳은 맥이라는 배신자가 우두머리이고, 우리를 경계하는 데다가 삭막하고 험악해. 게다가 이젠 알 수 없는 괴물과의 결투라니!"

데이피가 참을 수 없다는 듯이 소리쳤다. 그리고는 한숨을 쉬었다.

"똑똑."

"또 누구야?"

61

데이피가 성큼성큼 걸어가 문을 벌컥 열었다.

"히익."

맥이었다.

"곡스와의 결투가 1주일 남았습니다."

아까 왔던 여자 유령과 똑같이 말했다.

"크리스털을 건 결투요. 신중히 준비하시오."

"네? 네."

크리스털이란 말에 모두 맥에게로 시선이 쏠렸다.

"더는 말 않겠소."

그는 지금까지 모든 유령들이 그랬듯이 순식간에 사라져 버렸다.

"크리스털! 크리스털이 걸린 결투래!"

"이런, 눈이 3개 달린 괴물과 크리스털을 놓고 겨루는 결투라?"

"가만가만, 진정들 해봐."

"진정할 게 뭐 있어? 그냥 싸우는 거야!"

"우리가 이기면 크리스털을 얻게 된다 이거지?"

순식간에 그들은 들뜬 기분에다 두려움과 초조함이 뒤섞여 묘한 기분이 되었다.

14
곡스 VS 수호인 7명

"애들아, 훈련이다!"

필리코니스는 자신도 모르게 외쳤다. 그의 말을 듣고 아이들은 나무집 밖으로 나가 각자 어설픈 훈련을 했다.

"이렇게 하다가는 우리가 그 유령한테 잡아먹히고 말겠어."

프랭크가 한심하다는 듯이 말하자 플럭이 물었다.

"그럼 어떻게 해야 하지?"

"좀더 체계적이고 짜임새 있는 훈련이 필요해."

"그러니까 네가 말하는 체계적이고 짜임새 있는 훈련이 어떤 거냐고."

프랭크는 말로 설명이 안 된다며 나뭇가지로 땅에 그림을 그렸다.

"그들은 우리에게 눈이 3개라는 점을 알려줬어."

그는 가상의 괴물을 그리고는 큰 눈 3개를 그렸다.

"그런데?"

"재촉하지 마, 시비어. 그러니까 눈이 약점일 거야. 적어도 내 생각이 틀리지 않는다면 말이지. 눈 하나에 두 명씩 공격하는 게 어떨까? 나머지 한 명은 다른 부위를 공격하고……."

"어떻게 짜야 하지?"

위시드가 묻자, 프랭크는 한참 고민하더니 바닥에 그려진 눈 하나에서 화살표를 쭉 긋고는 플럭과 시비어의 이름을 썼다.

"나와 플럭?"

"응, 너희는 프리클 존에서 잘 싸워줬잖아."

두번째 눈에서 화살표를 긋고 이번엔 프랭크 자신의 이름과 위시드의 이름을 썼다. 그리고 마지막 세번째 눈에는 필리코니스와 바이올렛의 이름을 썼다.

"물은 도체야. 나와 위시드가 함께 공격한다면 커다란 감전 효과를 일으킬 수 있을 거야."

"그래, 좋은 생각이야. 나와 바이올렛으로 짠 이유는 뭐야?"

필리코니스가 물었다.

"미안, 잘 모르겠어. 하지만 데이피는 그 괴물과 대화를 할 수 있으니까 혼자서 다른 몫을 맡아야 해."

"휴우- 외톨이군."

데이피가 한숨을 쉬었다.

"자, 그럼 이제 훈련은 각 파트너와 하도록 해."

그들은 각자 파트너와 함께 훈련 준비를 했다.

"우린 그때처럼만 하면 될 거야. 그치?"

시비어가 플럭에게 의기양양하게 말했다.

"자, 그럼 연습해 보자. 이 나무토막이 곡스의 눈이다!"

그들은 나무토막을 연습 상대로 삼았다.

"리오그린! 루비듀모스!"

"지지직."

나무토막은 쪼개지고, 그들은 하이파이브를 했다.

"쉽지?"

플럭이 간단하다는 듯 말하자 프랭크가 주의를 주었다.

"방심은 금물이야. 곡스는 우리가 생각한 것보다 힘이 엄청 날지도 몰라."

"그래, 그럴지도 모르지."

플럭은 프랭크의 말에 다시 한 번 연습을 했다. 프랭크는 위시드와 전기 공격 연습에 열심이었다.

"키바팅카!"

그는 먼저 물방울 만들기 주문을 외웠다. 나무토막이 물에 흠뻑 젖어 나뒹굴었다. 이에 질세라 빠른 기세로 위시드가 주문을 외웠다.

"라이츠!"

놀랍게도 나무토막은 펑 소리를 내더니 산산조각이 되었다. 필리코니스는 프랭크에게 엄지손가락을 들어 보여 주었다.

"이 공격 쓸 만한데?"

그러나 필리코니스와 바이올렛은 어떻게 연습해야 할지 몰라 우두커니 있었다.

곡스 vs 수호인 7명

"우린 뭘 해야 할까?"

필리코니스가 바이올렛에게 물었다.

"글쎄, 난 잘 모르겠는걸."

그들은 다른 아이들이 훈련하는 것을 그냥 지켜보기로 했다. 심심한 건 데이피도 마찬가지였다. 그는 한쪽 구석에서 혼자 먼 곳을 바라보다가 그들에게 오리걸음으로 다가왔다.

"너희는 연습 안 해?"

"그런 너는?"

그들은 피식 웃고 말았다.

"넌 그럼 1주일 동안 아무것도 안 하는 거야?"

바이올렛의 물음에 데이피의 미간이 찌푸려졌다.

"글쎄, 나무토막들이랑 얘기를 나누겠니, 뭘 하겠니?"

"혹시 모르지, 네가 곡스의 등에 타게 될지."

데이피는 필리코니스의 말에 어림도 없다는 듯 피식 웃었다.

며칠 동안 훈련을 거듭하고 나자 1주일이 훌쩍 지났다. 그들은 펜타콘 공터 앞에 모였다. 공터에는 두세 명의 유령들이 앉아 있거나 누워 있었다.

"펜타콘 마을 사람들! 지금부터 귀 기울여 들어 주십시오."

맥이 유령들에게 당부를 했다. 그리고 수호인들에게 다가오라는 손짓을 했다.

"7명의 수호인들이 곡스와 대결하는 날입니다. 수호인들이 이길 경우, 우리 마을의 크리스털을 이들에게 넘길 것입니다."

맥은 이어서 수호인들에게 싸늘한 표정으로 말했다.

"곡스가 채비할 동안 기다리시오."

수호인들은 벌써부터 차가운 분위기에 주눅이 들었다.

플럭과 시비어는 묵묵히 지팡이만 닦고 있었고, 데이피와 프랭크는 어떻게 싸워야 할지 고민하는 표정이 역력했다.

갑자기 그들이 서 있는 왼쪽에서 훅의 목소리가 들렸다.

"힘 내거라!"

그는 맨 앞자리에 앉아 수호인들에게 응원의 말을 해주었다. 그들은 힘이 솟았고, 조금은 마음에 여유를 가질 수 있게 되었다. 하지만 그것도 잠시, 곧 곡스의 입장을 알리는 맥의 말소리가 들렸다.

"수호인들의 적수, 곡스 등장이오!"

맥은 숲속에서 새끼줄에 목을 맨 곡스를 끌고 등장했다. 곡스는 그야말로 거대했다.

"정말 눈이 3개야!"

데이피가 고개를 치켜들고 넋이 나간 듯 중얼거렸다. 곡스는 검은 털을 가지고 있었고 눈은 노란색이었으며, 때가 잔뜩 낀 송곳니가 털 위로 번쩍였다. 다행히도 덩치는 비터콜드에서 싸웠던 스쿱보다는 작았다.

"준비하시오!"

맥이 새끼줄을 끊자 곡스는 맹렬한 기세로 그들에게 다가왔다. 그들은 곡스 앞에 일렬로 섰다. 프랭크가 순식간에 주문을 외웠다. 그는 할로 플레임에서 했던 것처럼 블루 크리스털을 지팡이에 끼웠다.

"키바팅카!"

거센 물줄기가 곡스를 향했다. 곡스는 손으로 휘휘 내저어 보지만 역부족인 것 같았다. 곡스가 고전하고 있을 때 위시드가 주문을 외웠다. 그녀도 프랭크와 같은 방법을 썼다. 그녀의 지팡이에는 옐로 크리스털이 끼워져 있었고, 지팡이 끝에서 엄청난 양의 빛이 나왔다.

"지지지지직!"

"고오오오오오오옥스- 고오오오옥스"

곡스는 몸을 심하게 떨고는 자신의 큰 발톱으로 그들이 서 있는 곳을 공격했다. 하지만 발톱은 빗나갔고, 땅 속으로 발톱이 묻혔다. 놈이 발톱을 빼내려고 끙끙댈 때 시비어와 플럭은 주문을 외웠다.

"리오그린! 루비듀모스!"

그들의 불타는 나무 이파리는 정확하게 곡스의 가운데 눈에 맞았다. 하지만 곡스는 별 반응이 없었다. 놈은 매우 화가 난 듯 발자국이 움푹 팰 정도로 험악하게 걸어왔다. 그리고 눈 깜짝할 사이에 한 손으로 플럭을 움켜쥐었다.

"으아아아악!"

곡스는 플럭에 이어 그 옆의 프랭크까지 움켜쥐고 흔들었다.

"얘들아 살려줘!"

둘은 꼼짝 못하고 곡스의 손아귀에서 버둥댔다. 그때 혹의 목소리가 들렸다.

"맨끝의 오른쪽 눈을 공격해라, 오른쪽 눈!"

필리코니스는 이 사실을 아이들에게 말해 주었다. 위시드가 재빠르게 곡스의 오른쪽 눈을 겨냥한 채 주문을 외웠다.

"라이츠!"

곡스는 자신의 약점인 오른쪽 눈이 공격을 당하자 아픔을 참을 수 없는지 플럭을 던져 버렸다.

"쿵!"

곡스에게서 내동댕이쳐진 플럭은 눈도 뜨지 못했다. 곡스는 플럭을 던졌던 오른손으로 눈을 감싸며 왼손으로는 프랭크에게 압박을 가했다.

"우으윽……."

프랭크는 얼굴이 창백해졌다. 위시드가 다시 공격을 하려 하자 곡스는 위시드를 발로 깔아뭉개려고 했다. 다행히도 그녀는 그의 발에서 벗어났다. 그들은 필사적으로 피해 다니면서도 지팡이로 곡스의 오른쪽 눈에 초점을 맞추었다. 바이올렛이 무언가 결심한 듯 고개를 끄덕이며 주문을 외웠다.

"리크리티피!"

그녀는 재우기 주문을 외웠다. 그녀의 보라색 지팡이 끝에서 역시 보랏빛의 연기가 뭉게뭉게 솟아올라 곡스의 눈앞을 가렸다. 그러나 곡스의 세 개의 눈 중 왼쪽 눈만 감겼을 뿐이었다.

바이올렛은 속상한지 입술을 깨물었다.

곡스는 한쪽 눈이 감겼어도 꿈쩍하지 않고, 비틀거리기는 해도 빠른 속도로 그들을 채가려고 손을 휘저었다. 프랭크는 아직도 놈의 손아귀에 있었다.

"으… 빨리 이놈에게서 날 구해줘!"

프랭크가 목이 터져라 외쳤다. 그들은 다급해졌다. 플럭은 아직도 깨어나지 못한 채 유령들 근처에 널브러져 있었다. 미련한 곡스는 플럭은 안중에도 없는 듯했다. 다행이었다. 곡스가 플럭을 발견하면 당장에라도 밟아 죽일 테니까 말이다.

"애들아, 내가 곡스와 대화를 해볼게."

데이피가 자신 있게 나서자 그들은 조금 놀랐다. 하지만 필리코니스는 데이피를 믿었으므로 데이피를 위해 길을 비켜 주었다. 그는 심호흡을 몇 번 하더니 주문을 외웠다.

"애니멀로우!"

데이피의 지팡이 끝에서 주황색 연기가 나왔다. 그는 곡스에게 말을 건넸다.

"프… 프랭크를 놓아줘!"

데이피의 우렁찬 목소리에 곡스의 눈이 커졌다. 노랗고 큼직한 것이 매우 징그럽게 보였다. 곡스가 대답을 하려는 모양이었다. 곡스는 천천히 입을 벌렸다. 놈의 입 냄새는 지독했다. 데이피의 지팡이 끝에서 곡스의 말소리가 들렸다.

"레인보 크리스털을 내놓아라. 만일 내놓지 않으면 너희 친구 놈의 목숨은 없다!"

그들은 불안감에 휩싸였다.

"절대 크리스털을 넘겨선 안 된다!"

혹 아저씨의 목소리였다. 그들도 크리스털을 주고 싶은 마음은 털끝만큼도 없었지만 자칫하다가 프랭크가 위험해질 수도 있다는 것을 생각하니 오싹해졌다. 필리코니스는 용기를 내어 주문을 외웠다.

"악튜린스크!"

생각나는 주문은 그것뿐이었다. 그때, 검은색 연기가 곡스를 감쌌다.

"이때다! 어……?"

필리코니스는 곡스가 어둠에 휩싸여 어쩔 줄 몰라 하는 틈을 타 공격을 시도하려고 했으나, 놈은 연기를 야금야금 먹고 있었다.

"꺼억-"

검은 연기는 감쪽같이 곡스의 뱃속으로 들어가 버렸다. 놈은 트림까지 해댔다. 필리코니스는 이 어처구니없는 상황에 어안이 벙벙할 뿐이었다.

"어떻게 된 거야?"

시비어가 필리코니스에게 다그쳤지만, 그는 대답을 해줄 수가 없었다.

"놈은 어둠을 먹는다. 놈에게 어둠을 주는 건 놈을 더 강하

72

게 만들 뿐이야! 어둠 공격은 소용없어! 빛과 불로 대처해라!"

"시비어, 위시드, 들었지?"

혹 아저씨의 외침을 들은 필리코니스는 시비어와 위시드에게 그렇게 말한 후, 바이올렛과 함께 플럭에게 달려갔다. 그들은 곡스에게 들키지 않도록 조심조심 갔다.

"플럭! 플럭!"

플럭은 엉덩이 쪽을 다친 듯 꼼짝 못하고 있었다. 그들은 플럭을 혹 아저씨에게 부탁했다. 아저씨가 플럭을 흔쾌히 맡아주었다. 시비어와 위시드는 계속해서 곡스와 대결하고 있었다. 데이피가 필리코니스에게 귓속말을 했다.

"내가 곡스의 등에 올라탈게."

필리코니스는 너무 놀라 말문이 막혔다. 불가능한 일이기 때문이었다. 곡스의 등에 올라탈 수도 없거니와 만약 올라탄다고 해도, 금세 플럭처럼 내동댕이쳐질 게 분명했다.

"이봐 데이피, 불가능한 일이야. 그냥 주문으로 물리치자."

데이피는 필리코니스의 말을 채 듣지도 않고 혹 아저씨께로 다가갔다.

"아저씨, 빗자루 있으세요?"

혹은 데이피를 빤히 쳐다보더니 어딘가로 잽싸게 달려갔다. 그리고는 잠시 후, 허름한 빗자루를 가지고 돌아와서 데이피에게 건넸다.

"5년 전 이후로는 한 번도 쓰지 않아서 많이 낡았다. 조심해서 타거라."

"저, 타는 법은 모르는데요."

데이피가 그렇게 말하자 아저씨는 너털웃음을 터뜨렸다.

"하하, 막무가내로구나! 올라타서 후키 부키라고 말해. 그 후부터는 너의 의지에 달려 있어."

"감사합니다!"

데이피가 빗자루를 타고 '후키 부키'라고 말하자, 빗자루는 점점 떠올랐다. 데이피는 그들에게 엄지를 세워 보인 후 곡스에게 빠르게 다가갔다.

"휘이이익- 휘이이익-"

그는 날쌔게 방향 조절을 했다. 곡스가 한 손으로 잡아 보려고 했지만 데이피는 어느새 곡스의 머리 꼭대기에 올라가고 있었다. 그는 아슬아슬하게 뛰어 곡스의 머리통에 올라앉았다.

"고오오오옥스-"

곡스는 매우 화가 났는지 프랭크를 내동댕이칠 기세였다. 하지만 프랭크가 인질이란 사실이 떠올랐는지 차마 던지지는 못하고 소리만 지를 뿐이었다. 데이피는 곡스의 머리에 나 있는 뿔을 잡고 매달렸다. 곡스는 한 손으로 자기 머리를 치기 시작했다. 하지만 데이피가 있는 곳까지는 미치지 못했다.

데이피가 고래고래 소리쳤다.

"위시드! 시비어! 바이올렛! 아무나 좋으니 공격 좀 해봐!"

"루비듀모스!"

시비어가 손동작이 보이지 않을 정도로 빠르게 공격했다. 곡스는 자신의 몸에 불이 붙자 당황해했다.

"곡스!"

그 틈을 타 데이피가 살금살금 곡스의 눈 쪽으로 기어갔다. 필리코니스는 숨을 꼴깍 삼켰다. 데이피는 지팡이를 위로 힘껏 들었다. 그리고 곡스의 오른쪽 눈을 찔렀다. 그 순간, 모두 눈을 질끈 감았다.

한참 후 쿵- 소리가 나서 살짝 눈을 떠보니 프랭크와 데이피는 빗자루를 타고 유유히 수호인들 쪽으로 날아오고 있었고, 곡스는 쓰러져 있었다. 곡스의 눈에는 데이피의 지팡이가 꽂혀 흉측스러운 몰골을 하고 있었다.

모두 한자리에 모인 수호인들은 비로소 웃으며 외칠 수 있었다.

"이겼다~!"

온몸이 생채기투성이인 그들은 플럭을 부축하면서 맥에게로 걸어갔다.

"우리가 이겼으니 크리스털을 주시죠."

맥은 못마땅한 표정을 짓더니 나중에 나무집으로 직접 찾아가겠다고 말했다. 그들은 서로에게 미소를 지으며 혹 아저씨에게 달려갔다.

"결국 이겼구나."

혹 아저씨는 그들을 대견한 듯 바라보았다. 데이피가 빗자루를 돌려주며 다시 한 번 감사의 표시를 했다. 그들은 혹 아저 씨에게 인사를 한 후 나무집을 향해 뛰었다. 하지만 플럭 때문에 다시 느린 걸음으로 걸어가야 했다.

"아직도 가슴이 쿵쾅거려!"

데이피가 외쳤다. 그들은 데이피에게 칭찬을 한 마디씩 해주었다.

"네 덕분에 곡스를 물리칠 수 있었어."

"너의 활약을 잊지 않을게!"

"데이피 만세!"

그들이 일제히 만세를 외치자 데이피는 얼굴이 빨개졌다.

"뭘- 히힛."

데이피는 나무집에 와서 저녁을 먹는 내내 히죽거렸다.

"진짜 우리가 그 괴물을 이긴 거 맞아?"

위시드가 곡스를 이겼다는 것이 믿어지지 않는지 말했다.

"위시드, 곡스의 피로 얼룩진 내 지팡이를 보고 말해. 이 몸이 그 부리부리한 노란 눈에 지팡이를 용감히 꽂았단 말야."

데이피가 우쭐대자 시비어가 면박을 주었다.

"혹 아저씨의 도움 없이는 넌 아무것도 못했을 거야."

"이제 맥이 우리에게 크리스털을 주러 오겠지?"

바이올렛의 말이 떨어지기가 무섭게 노크 소리가 들렸다.

"똑똑."

문을 열자 맥이 손부터 쓰윽 내밀었다. 그의 손 위에는 빛나는 회색 보석이 올려져 있었다.

"자, *그레이 크리스털*이오."

"네, 감사합니다."

필리코니스는 건성으로 인사한 후 크리스털을 넙죽 받았다. 맥은 어설픈 미소를 지으며 말했다.

"이제 펜터콘을 떠나 주시오."

"예?"

"내일까지는 나무집을 비워 달란 말입니다."

모두들 그렇게 빨리 나가라고 할 줄은 몰랐으므로 당황했다.

"여기에 더 있고 싶은 마음도 없어."

플럭이 매몰차게 말하며 짐을 쌌다. 모두들 더 머무르고 싶은 생각이 없는 건 사실이었다.

"우린 이만 가볼게."

여자아이들은 2나무집로 갔다. 모두 애써 잠을 청했지만 이곳 펜터콘에서 있었던 많은 일들이 떠올라서 쉽사리 잠이 오지 않았다. 결국 얼렁뚱땅 밤을 새웠다.

"잘 가거라."

비록 유령들의 인사는 받지 못했지만, 그들은 혹 아저씨의 열렬한 배웅을 받았다.

"그럼 안녕히 계세요."

그들은 왠지 모르게 무거운 발걸음으로 다음 장소인 *위치 빌리지*를 향해 길을 떠났다.

15
마녀마을 위치 빌리지

펜타콘이 바콧산 정상에 있는 마을인지라 그들은 가뿐하게 내리막을 내려갈 수 있었다. 빠른 속도로 내려가자 평지가 나오고, 점점 푸른 잔디가 눈에 들어왔다.

"이게 얼마 만에 밟는 풀이냐?"

플럭이 잔디 위에 벌렁 드러누웠다. 하지만 필리코니스와 프랭크는 지체 없이 그를 일으켜 세웠다.

"어서 일어나. 빨리 가야지."

플럭은 절뚝거리며 중얼거렸다.

"참, 지독한 놈들이네."

비록 느리긴 하지만 앞서서 걸어 나갔던 플럭이 다시 되돌아왔다.

"마을이다! 마을!"

그들은 플럭의 손짓을 따라 뛰어갔다. 그곳은 앞서 지나 왔던 펜타콘과는 너무도 대조되는 밝은 마을이었다. 우선 마을 어귀에는 자갈이 깔려 있었고, 분홍색 표지판이 그들을 반겨

주었다. 표지판에는 '위치 빌리지 & 위자덤'이라는 마을 이름
이 써 있었다.

그들은 가벼운 발걸음으로 마을 안으로 들어갔다. 들어가서
얼마 걷지도 않았는데, '여기서부터 위치 빌리지'라는 또 다른
분홍 표지판이 나타났다. 표지판은 새로 만들었는지 페인트 냄
새가 물씬 풍겼다.

"아무래도 두 마을이 가깝게 있나 봐."
프랭크의 말에 고개를 끄덕이며 그들은 조금씩 마을 안으로
들어갔다.
"환영합니다!"

초록 망토를 입고 고깔모자를 쓴 마녀가 그들을 가로막으며 마을이 떠나가라 외쳤다. 외모는 20대 초반 정도로 꽤 젊어 보였지만 어울리지 않게 박력 있는 목소리였다. 그녀는 수호인들과 일일이 악수를 했다.

"잘 왔어요, 잘 왔어, 모두들 잘 왔어요. 내 이름은 벨이에요."

그녀는 그들에게 밝게 인사를 하고는 자기를 따라오라며 손짓했다.

얼마나 마을 깊숙이 들어갔을까? 벽돌로 된 뾰족 지붕의 아담한 성이 그들을 맞이했다.

"이곳은 스프링이에요. 여러분은 앞으로 여기서 지내게 될 거예요."

그녀는 흡족한 듯 스프링 성의 벽돌로 된 벽을 매만지다가 갑작스레 말했다.

"아참! 내 정신 좀 봐. 위치 빌리지 소개를 안 했네. 수호인 여러분, 이곳은 마녀마을 위치 빌리지예요. 여긴 많은 마녀들이 살고 있죠. 위치 빌리지는 이웃 마을 위자덤과 붙어 있어요. 위자덤은 마법사 마을이며 보보로드를 따라 1킬로미터 남짓 거리에 있어요. 그리고 스프링은 브루터스 일가 중 마녀들의 성이랍니다. 암흑기 때 무너졌지만 작년 봄에 다시 지어져 '스프링'이란 이름을 얻었죠. 원래 이름은 주인 일가의 성을 따서 '브루터스'였답니다. 또 위치 빌리지에는 보보로드가 있어요. 보보로드는 위치 빌리지만의 번화한 상점가죠. 스프링 성의 서쪽 방향으로 가로질러 있으니 가끔 들러 보는 것도 좋을 거예요. 여기서 조금만 기다리면 보니 부인이 마중을 나올 겁니다. 그럼, 모두 즐거운 시간 보내세요."

그녀는 말을 끝내고 총총히 사라졌다.

"보보로드에 가보자!"

"빨간 머리 아가씨, 보보로드에 갈 시간은 얼마든지 있답니다. 일단 들어와서 짐부터 풀도록 하자꾸나. 그리고 스프링 성에 온 걸 환영해. 내 이름은 보니 브루터스란다. 그냥 보니 부인이라고 불러."

초록 망토 마녀의 말대로 넉넉해 보이는 마녀가 성문이 열리는 소리와 함께 등장했다. 빨간 머리 아가씨는 시비어를 가리키는 말이었다. 보니 부인은 몸집이 넉넉하고, 얼굴은 화장기 없이 수수했다. 머리는 모자 밑으로 10센티미터 정도 내려오는 갈색의 굵은 파마머리였는데, 매우 분위기 있어 보였다.

그들은 보니 부인을 따라 성 안으로 들어갔다. 성 안은 매우 밝았다. 입구부터 시작되는 복도는 붉은 양탄자가 깔려 있었고, 양쪽 벽에는 황금 촛대와 은은한 향기가 나는 초들이 나란히 세워져 있었다. 간혹 촛대가 없는 자리에는 마녀가 그려진 멋진 초상화들이 걸려 있었다. 보니 부인은 그들에게 이것저것 물어 보았으나 그들은 초상화들을 유심히 보느라 귀담아 듣지 못했다.

어느덧 복도가 넓은 홀과 연결되었다. 천장의 눈부신 샹들리에가 홀 전체를 밝혀 주고 있었다. 바닥은 붉은 양탄자가 곱게 깔려 있었고, 노란빛의 기하학적인 무늬가 중심을 자리잡고 있었다. 겉에 보이는 소박함과는 달리 화려한 실내의 모습에 모두 넋을 잃고 있었다.

"보니, 손님들이 도착한 거니?"

일행의 맞은편에 있는 큰 유리문 너머로 쾌활한 목소리가 들렸다.

"응, 푸니. 막 도착했단다. 음식은 다 된 거야?"

"물론이지."

쿵쿵 소리를 내며 유리문을 우악스럽게 연 것은 몸에 비해 꽉 끼는 망토 위에 하얀 에이프런을 두른 뚱뚱한 마녀였다. 그녀는 자신을 푸니 브루터스라고 소개하고는 그들을 식당으로 들어오라며 문을 활짝 열어 주었다. 맛있는 냄새가 식당 안에 가득했다. 갑자기 플럭은 코를 쿵쿵대며 즐거워했다.

"배고프지?"

보니 부인이 그들을 둘러보며 물었다.

"괜찮아요."

프랭크가 예의상 그렇게 대답하자 플럭이 프랭크를 큰 눈으로 쳐다보았다.

"괜찮기는, 우리는 채소를 주로 먹어서 입맛에 맞을지 모르겠구나."

"뭐든지 좋아요."

플럭이 주책맞게 말했다.

"오, 다행이구나. 다들 여기 앉아라."

보니 부인은 흡족한 듯 플럭의 어깨를 살짝 두드려준 후 족히 그들 키의 7배는 되어 보이는 기다란 탁자로 안내했다.

"적어도 펜타콘의 버섯보다는 맛있겠지?"

플럭의 말에 데이피는 버섯 얘기는 꺼내지도 말라며 단호히 대꾸했다.

"루루 룰루 룰루루."

푸니 부인을 비롯한 두세 명의 마녀들은 제각기 다른 옷을 입고 있었으나 모두 한결같이 콧노래를 불렀다. 그들은 커다란 냄비를 불이 활활 타오르는 화덕 위에 올려놓고 거의 그들의 키만한 주걱으로 휘휘 저으며 스프를 만들고 있었다. 그들이 주걱질을 멈추고 푸니가 손으로 딱 소리를 내자, 화덕의 불이 꺼졌다. 머리가 검고 짧은 마녀가 그 커다란 주걱으로 스프를 떠서 열한 개의 나무 그릇에 적당히 담았다. 붉은 머리 마녀는 무난한 월넛 식탁 위를 복도에서 보았던 황금 촛대로 장식했다. 올망졸망하게 산딸기를 놓았고, 싱싱해 보이는 포도도 나무 접시 위에 먹음직스럽게 놓았다.

이윽고 그들 앞에 야채 스프가 담긴 나무 그릇과 나무 수저, 그리고 동그란 빵 하나와 잼이 담긴 종지가 놓여졌다. 펜타콘에서 너무 못 먹었던 탓일까? 그들은 스프를 순식간에 해치웠고, 빵과 잼도 눈 깜짝할 새에 먹어치웠다. 플럭은 이미 산딸기까지 입에 넣고 우물거리고 있었다.

"음, 이렇게 맛있는 음식을 대접해 주셔서 감사합니다."

플럭이 우물거리며 고마움을 표시하자, 보니 부인은 대답 대신 그의 빈 그릇에 수프를 가득 담아 주었다.

"헤헤, 고맙습니다."

플럭은 또다시 수프를 금세 먹어치웠다.

"너희들, 펜타콘에서 왔지? 그곳은 너희 같은 아이들이 묵을 곳이 못 되는데 용케도 견뎌 냈구나. 그곳 유령들은 퉁명스러워도 마음씨는 좋아. 모두 착했던 사람들이니까. 그렇지, 푸니?"

"그럼, 그렇고말고, 모두 용기 있고 선했던 사람들인데, 어쩌다 그리 됐을까? 에구."

그들은 푸니 부인의 눈에 고인 반짝이는 눈물을 보았다.

"눈에 티가 들어가서 그래. 자, 다 먹었으면 성을 구경시켜 줄 테니 나가자. 특별히 볼 건 없지만 말이야."

푸니 부인은 애써 밝게 말하며 그들을 식당에서 내보냈다.

"스프링은 오래된 성이란다."

보니 부인이 어느새 그들보다 앞서가 있었다.

"브루터스, 브루터스가 이 성의 옛 이름이지. 5년 전까지만 해도 이 이름을 썼단다."

"벨에게 대강 들었어요."

"네 이름이 프랑- 뭐였던가?"

"프랭크요."

"그래, 프랭크. 아무리 튼튼한 브루터스지만, 어둠의 무리에게 당해낼 리가 만무했지. 우린 무너진 이 성을 고치는 작업을 겨울에 시작해서 봄에 끝냈어. 그걸 기념해서 '스프링'이라고 했단다. 낡았고, 또 땜질을 하느라 모양새는 그리 예쁘다곤 할 수 없지만, 우리 마녀들에겐 매우 소중한 성이지."

보니 부인은 잠시 생각에 잠기더니 자신의 초상화가 걸린 벽을 쓰다듬었다. 그들의 눈에는 성이 충분히 멋져 보였으므로, 그녀가 겸손해하는 것으로 보였다.

"미안하구나, 잠시 딴 생각을 좀 했어."

그녀는 서둘러 식당의 맞은편에 위치한 커다란 벽돌 벽을 미닫이 문 열 듯 열었다.

"드르륵."

"들어오너라. 이 성은 도넛 구조로 되어 있어. 가운데에 큰 홀이 있고, 그 주변을 원통 형식으로 통로가 놓여 있지. 통로의 왼쪽에는 우리들이 지내는 방들이 있어. 식당과 이 문이 출입구니까 위치를 꼭 알아 두기 바란다."

"네."

그들은 다 함께 대답했다.

"자, 통로가 좁으니 차례차례 줄을 서라."

보니 부인의 말대로 통로 왼쪽으로 각각 7개의 방문들이 달려 있었다. 같은 디자인, 같은 색깔의 문들이 일렬로 늘어선 것이 마치 호텔 같았다. 방문의 문패는 특이하게도 요일 이름으로 되어 있었다.

"월요일, 화요일, 수요일, 목요일, 금요일, 토요일, 일요일? 특이하네요?"

필리코니스는 7개의 문패 이름을 단숨에 읽었다.

"우리는 매직 아일랜드의… 아니다, 아니야."

보니 부인은 무슨 말을 하려다 얼버무렸다.

"너희들이 묵을 방은 조금 더 가야 한다. 우리 방은 볼 것이 별로 없으니 구경하려는 마음은 버리렴. 자, 따라와라."

말없이 보니 부인을 뒤따른 지 3분 정도 지났을까? 통로가 막혔다. 아니, 막혔다기보다는 통로를 가로막는 문이 있었다. 식당의 맞은편에 있던 벽돌 미닫이문과 같은 문이었다. 보니 부인은 문앞에서 멈춰 서서 그들을 둘러보며 말했다.

"여기는 손님방이니까 쉽게 들어가진 못하지. 호호, 나를 보고 기억해 뒀다가 나중에 써먹으려무나."

그녀는 자신의 망토 이곳저곳을 뒤지다가 새끼손가락만한 지팡이를 꺼냈다. 그녀의 머리색과 같은 갈색으로, 지팡이치고는 매우 작은 편이었다.

"자, 이렇게 맨 오른쪽 구석을 만져 보면 구멍이 하나 있어. 옳지, 찾았다. 여기에 이 지팡이를 넣고 오른쪽으로 7번, 왼쪽으로 7번 돌린 다음, 지팡이의 반 정도만 들어가도록 눌러 주면 문이 열린단다. 문이 열리면서 지팡이가 같이 말려들어가지 않도록 조심해라. 지팡이를 잃어버리면 큰일 난다! 그럼, 내일 아침에 보자꾸나."

보니 부인은 필리코니스에게 지팡이를 맡긴 후 어디론가 사라졌다.

"참 오랜만에 보는 성이야."

"그러게, 바이올렛. 처음에 비팀 성은 너무 복잡해서 허둥지둥했는데, 여기는 왠지 친근하지 않니? 마녀 아줌마들이 너무 잘 대해 주시고, 푸근하게 해주시는 것 같아."

"맞아, 위시드."

문 너머의 통로에는 3개의 방이 있었다. 3개 중 그들이 묵을 방은 가운뎃방 양옆에 있는 2개의 방이었다. 각각 방문에는 '여' '남'이라는 문패가 달려 있어서 그들은 쉽게 각자의 방으로 들어갈 수 있었다.

"내일 보자구."

위시드가 발랄하게 인사한 뒤 방으로 들어갔다. 필리코니스는 스프링의 아기자기한 멋에 은근히 기대를 품고 있었다.

'벽지 색깔이 파란색이었으면……'

필리코니스는 파란색을 좋아했다. 그는 방 안이 온통 파란색으로 화려하게 장식되어 있는 모습을 상상하며 힘차게 문을 열었다. 안은 어두웠지만 데이피가 문턱 너머로 발을 딛자 불이 켜졌다. 자동 램프인 것 같았다.

기대했던 것과는 달리 방 안은 썰렁했다. 침대 두 개, 옷걸이 하나가 전부였다. 그것도 파란색이 아닌 고동색, 암갈색, 적갈색 등 우중충해 보이는 색들이었다. 그들은 적잖이 실망했다.

"깔끔하다고 해야 할까?"

플럭이 난처한 듯 말했다.

"하긴, 좋게 말하면 깔끔하다고 할 수 있겠다."

필리코니스가 말했다.

"옷걸이가 참 크다."

프랭크가 구석에 있는 붉은 갈색의 옷걸이에 윗옷을 걸며 비꼬듯이 말했다.

"여자애들 방은 어떻게 꾸며져 있을까?"

데이피가 침대에 털썩 앉으며 말했다. 모두 궁금해하는 눈치였으나 아무도 아는 사람이 없었으므로 그저 어깨만 으쓱해 보일 뿐이었다.

"애들아, 우리 왔어. 문 열어 봐!"

시비어가 쩌렁쩌렁한 목소리로 문을 두드렸다.

"내일 보자더니, 왜 왔어?"

플럭이 문을 열었다. 여자아이들은 문이 열리자마자 씩씩거리며 들어왔다.

"우리 방이 하도 썰렁해서 왔어. 그런데 너희 방도 다를 게 없구나."

"무슨 소리야 위시드?"

"너희 방에는 침대가 두 개라도 있지. 우리는 침대 하나에

옷걸이 하나가 전부야."

시비어가 이맛살을 찌푸리며 말했다. 데이피도 그 말에 동의한다는 듯이 고개를 끄덕이더니 아예 돌아누웠다.

"너희 방도 다를 게 없으니 안심이 된다. 그럼 우린 진짜 가볼게."

여자아이들은 쏜살같이 사라졌다.

"뭐가 안심이 된다는 거야, 프랭크?"

"시비어가 원래 언어 표현 능력이 부족하잖아."

그들은 옆방에 들릴 정도로 크게 웃어젖혔다.

다음날, 그들은 제법 일찍 일어났다. 처음으로 남자아이들이 여자아이들보다 일찍 깨어 모두 놀라움을 금치 못했다. 그들은 잠에 빠져 있는 여자아이들을 놔두고 먼저 밖으로 나갔다. 물론 열쇠 지팡이는 방문 앞에 놓아 두었다.

"일찍 일어났구나."

보니 부인이 그들을 숨 막히도록 꼭 안아 주며 말했다.

"오늘 아침 메뉴는 닭고기란다. 속에 야채를 넣어서 아주 맛이 좋아. 그런데 꼬마 아가씨들은?"

보니 부인이 여자아이들을 찾자, 필리코니스가 대충 얼버무렸다.

"그, 그러니까 옷을 좀 갈아입고 온다고 해서 저희 먼저 나왔어요."

"역시 여자아이들이라니까. 그럼 너희 먼저 먹으려무나."

식당 안에는 푸니 부인과 짧은 머리의 마녀가 음식을 준비하고 있었다. 어제 보았던 붉은 머리의 마녀는 보이지 않았다. 그들은 의자에 앉아서 초롱초롱한 눈으로 음식을 기다렸다.

"음~ 맛있는 냄새."

푸니 부인이 커다란 접시에 올려진 닭고기 요리를 내왔다. 플럭은 눈이 휘둥그레져서 수저와 포크를 양손에 쥐고 입맛을 다셨다. 필리코니스도 입에 침이 가득 고였다.

"체하지 않게 천천히 많이 먹으렴. 호호호."

푸니 부인은 그들에게 덜어 먹을 접시를 나누어 주며 넉살 좋게 웃었다.

"아주머니들은 안 드세요?"

"우린 벌써 먹었는걸."

푸니 부인, 보니 부인, 그리고 짧고 까만 머리의 마녀는 그들을 남겨두고 식당 밖으로 나갔다.

"나중에 저 까만 머리 마녀의 이름이 뭔지 물어 봐야지."

"플럭, 입에 담긴 거나 다 먹고 얘기해라."

플럭이 채 음식을 다 씹지도 않고 우물거리며 말하자 프랭크가 주의를 주었다. 한동안 식당 안은 그들이 게걸스럽게 먹는 소리로 가득했다.

"벌써 빈 접시가 됐네?"

데이피가 만족스럽다는 듯 배를 만지작거리며 말했다.

"우리가 다 먹어 버리면 어떡해?"

프랭크가 물을 마시다 말고 뿜어낼 기세로 데이피를 몰아붙였다. 여자아이들 생각을 하지 못한 것이다. 그들은 식탁 위에 있는 음식을 몽땅 해치운 상태였다.

"큰일이다. 빨리 밖으로 나가자."

플럭이 말하고는 필리코니스에게 귓속말을 했다.

"필리코니스, 위치 빌리지 마을 구경도 할 겸 잠시 나갔다 오자."

"우린 아직 이곳 지리를 잘 몰라."

"가까운 곳만 잠깐 갔다 오면 돼. 우리가 밖에 있는 동안 여자애들은 마녀 아주머니들이 뭐라도 주어서 먹겠지."

프랭크와 데이피는 나가고 싶어하는 눈치였다. 주저하던 필리코니스도 결국 그들을 따라 성 밖으로 나가게 되었다. 하루만에 쐬는 바깥 공기여서 맑고 상쾌했다. 그러나 치킨을 모두 먹어치웠다고 다그칠 여자아이들 생각을 하니 머리가 갑자기 지끈거렸다.

플럭은 벨이 가르쳐 주었던 보보로드란 곳에 가고 싶어했다. 하지만 그것만큼은 무리라고 생각했는지 프랭크와 필리코니스가 반대하는 바람에 그냥 산책하는 것으로 만족해야 했다.

"평화로운 마을이야. 안 그래, 필리코니스?"

"적어도 괴물 따윈 없겠지."

길은 잔디 위에 곱게 나 있었다. 잔디의 연둣빛이 눈부셨다. 어제 분명히 벨과 걸었던 길인데 처음 걷는 듯한 기분이 들었다. 잔디 위에는 분홍색 꽃들이 피어 있었다.

"꽃들이 많이도 피었네."

필리코니스는 시큰둥하게 프랭크에게 말했다. 프랭크는 필리코니스의 말을 듣고는 꽃들이 있는 쪽으로 눈길을 주었다.

"이건 거베라야."

"더베라? 그게 뭐야?"

"데이피, 더베라가 아니라 거베라야."

데이피는 프랭크가 자신에게 눈총을 주자 머리를 긁적였다.

"꽃이 참 작군."

플럭이 갑자기 쭈그려 앉더니 꽃을 만지작거렸다.

"그냥 놔둬."

플럭이 꽃을 따려고 줄기 부분을 잡자 프랭크가 그의 행동을 제지했다. 플럭은 할 수 없다는 듯이 손을 털고 일어났다.

길은 길고 구불구불하게 이어졌다. 하지만 외길이었기 때문에 길을 잃어버릴 걱정은 없었다. 흙길이었지만 먼지가 피어오르지는 않았다. 한동안 걷다가 문득 뒤를 돌아보니 스프링 성과 많이 멀어졌다는 것을 알 수 있었다.

"너무 많이 온 것 같은데?"

"그래, 그만 돌아가자."

돌아오는 길도 아까와 마찬가지로 처음으로 거니는 기분이 들었다. 벌써 세번째로 걷는 길이므로 희한한 생각이 들었다.

'거참, 이상하다.'

그들은 속으로 이상한 생각을 감추고 스프링 성 안으로 다시 들어갔다. 시끌벅적한 걸 보니 여자아이들이 아침을 먹는 것이 분명했다.

"이제 오면 어떡해? 우리가 벌써 다 먹어 버렸는데, 호호호."

위시드가 빈 접시를 흔들며 말했다.

"얘들은 야채 빵을 먹었어."

보니 부인은 그들에게 눈을 찡긋하며 위로해 주는 척했다. 덕분에 그들은 방으로 가는 내내 서로 마주보면서 키득거렸다.

"왜들 저러지?"

여자아이들은 함께 방으로 돌아가면서 고개를 갸우뚱거렸다. 하지만 그들은 방문 앞에 서자 왠지 들어가고 싶지 않았다. 자꾸 보보로드에 가고 싶은 생각이 간절했다. 결국 다시 식당으로 가서 마녀 아주머니들에게 부탁해야만 했다.

"보보로드에 잠시 갔다 와도 될까요?"

필리코니스가 되도록 정중히 묻자 휘핑크림을 만들던 푸니 부인이 까만 머리 마녀에게로 뒤뚱뒤뚱 걸어가서 지시했다.

"몰리, 저 아이들을 데리고 보보로드 구경 좀 시켜 줘요."

"이름이 몰리인가 봐."

플럭은 까만 머리 마녀의 이름을 알게 된 사실을 매우 흡족해했다. 몰리를 따라서 그들은 성 밖으로 나갔다. 아침에 걸었던 길을 벌써 네번째 걷고 있었다. 시비어는 날아갈 듯 폴짝폴짝 뛰었다.

"내 이름은 몰리야. 나이는 너희들보다 5살 정도 더 많지. 그냥 편하게 언니, 누나라고 불러도 돼."

매서운 인상과는 달리 의외로 매우 자상했다. 필리코니스는 얼떨결에 큰 소리로 대답하고 말았다.

"네, 누나!"

아까 보았던 거베라라는 꽃이 다시 그들을 맞아 주었다. 거베라는 작지만 여러 송이가 있어서 풍성해 보였다. 몰리는 꽃에 관심을 주는 플럭에게 다가가 거베라에 대해 이것저것 알려 주었다.

"거베라의 꽃말이 뭐예요?"

플럭의 물음에 몰리는 그저 살짝 미소를 지을 뿐이었다. 알면서도 모르는 척하는 느낌이 들었다. 거베라로 둘러싸인 길을 따라 즐겁게 걷다 보니 길이 두 갈래가 되었다. 오른쪽 길은 그들이 처음 벨을 따라왔을 때 걸었던 길이었고, 왼쪽 길은 지금까지 걸어 왔던 길과 다름없는 길이었다. 그들은 몰리를 따라 왼쪽 길을 걷게 되었다.

얼마나 걸었을까? 길은 자갈길로 변해 있었고, 사람들의 시끌벅적한 말소리가 들리기 시작했다.

16
보보로드를 구경하다

"**여기부터** 진짜 마을이다."

몰리는 그렇게 말하고 인사를 걸어오는 마녀들과 악수를 나누며 짤막짤막하게 안부를 묻고 다시 그들에게 돌아왔다.

몰리가 진짜 마을이라고 말한 이곳은 성 안 사람들을 제외한 위치 빌리지의 마녀들이 사는 곳인 것 같았다.

자갈길 옆으로는 스프링과 흡사한 벽돌집들이 옹기종기 모여 있었고, 길은 넓어져 거리 수준이 되었다. 달이 그려져 있는 모자를 쓴 늙은 마녀가 몰리의 손을 잡고 흔들며 말했다.

"내일 모레 볼 수 있겠구나."

"늦지 않게 갈게요, 테레사 할머니."

"넌 항상 5분씩 늦곤 했지. 꼬맹이 때부터 말이야."

"이상하게도 항상 그랬죠. 그런데 오늘은 보보로드에 안 가세요?"

"이 손님들과 함께 가는 길이냐? 나는 오늘은 채소들을 손봐야 해. 구경 많이 하고 오너라."

보보로드를 구경하다

테레사라고 불리는 할머니는 차림이 조금 우스꽝스러웠다. 누덕누덕 기운 망토에 요란한 모자, 그리고 열쇠 지팡이의 백 배는 넘게 보이는 무지막지하게 큰 지팡이를 왼손에 단단히 쥐고 있었다. 나이가 꽤 들어 보이는데도 행동이 빨라서 그들이 한눈을 팔 동안 벌써 사라지고 없었다.

"보보로드는 조금 더 가야 돼. 사람이 많을 거야. 오늘은 두 번째 화요일이라 쉬는 사람들이 없거든."

"기대돼요, 몰리 언니."

바이올렛이 오랜만에 환하게 웃으며 몰리와 팔짱을 꼈다.

"그런데 데이피, 너 물건 살 돈은 있니?"

플럭이 데이피의 옆구리를 찌르며 물었다.

"플럭, 난 매직 아일랜드에 올 때부터 빈손이었어. 너도 마찬가지잖아?"

"그럼 구경만 할 수밖에 없겠네."

그들은 안타까운 표정으로 한숨을 쉬었다.

"얘들아, 걱정 마. 너희들은 우리에게 반가운 손님들이니까 내가 너희 모두에게 선물할게."

몰리는 정말 착한 사람 같았다. 자갈길이 넓어져 그들은 훨씬 편하게 걸을 수 있었다.

또다시 웅성거리는 소리가 들리는 것을 보니, 보보로드와 가까워졌다는 것을 알 수 있었다. 울긋불긋한 천막들이 보이기 시작했고 저마다 치장한 것이 화려했다. 천막 주위에는 뾰족한 모자를 쓴 마녀들이 모여 있었다. 보보로드는 마치 도떼기시장처럼 시끌벅적했다. 실로 오랜만에 느끼는 떠들썩함이었다.

"신선해요, 과일 채소가 신선합니다. 텃밭에서 직접 가꾼 과일 채소가 있어요."

"고소한 빵 필요하신 분 맛보세요."

푸근하게 생긴 아주머니들이(아마 마녀일 것이다) 걸걸한 목소리로 장내가 떠나가라 외쳐 댔다. 수호인들은 고향에 온 것처럼 즐겁고도 묘한 생각이 들었다.

"우리는 물물교환을 해. 왜냐하면 돈이 없거든. 돈이 없다고 해서 불편한 건 아니야. 물건이 돈처럼 돌기 때문에 갖고 싶은 것을 못 얻는 일은 여간해서 없지."

몰리의 말이 이해는 갔으나 왠지 이곳의 발달이 느리다는 생각이 들었다.

"너희들은 여기 물건들이 좋지 않다고 생각하겠지만 그렇지 않아."

도둑이 제 발 저리다고, 몰리가 생각 없이 한 말임에도 불구하고 그들은 깜짝 놀라고 말았다.

"참, 푸니 부인이 모자치마를 사오랬는데."

"모자치마요?"

"응, 바이올렛. 여기는 식료품을 파는 곳이니까 너희들이 볼 건 거의 없을 거야. 조금만 더 가면 상점거리가 나온단다. 어서 가자."

보보로드를 구경하다

상점거리라고 불리는 곳은 역시 뾰족한 지붕의 상점들이 빼곡히 들어차 있었다. 간판은 가지각색으로 다양했으나 식료품 장터와는 비교될 만큼 색깔이 어두웠다. 많은 마녀들이 상점을 드나들었다. 몰리는 낡고 동그란 고양이 무늬 간판이 달린 상점 문을 열었다. 상점 안은 어수선했고 문을 열자마자 라벤더 향이 코를 찔렀다.

"비비 아주머니!"

"오, 스프링의 몰리로구나."

상점 귀퉁이 의자에 앉아 뜨개질을 하고 있던 마녀가 몰리의 인사를 받고 벌떡 일어났다. 그녀가 하는 뜨개질은 예사 뜨개질이 아니었다. 번쩍이는 바늘 두 개가 쉴새없이 스스로 왔다갔다하며 순식간에 목도리 하나를 완성시켰다. 바늘이 떠 놓은 목도리를 휘휘 감아 바구니 안에 던져 넣은 마녀는 키가 작고 삐쩍 말라 요정 같은 분위기를 풍겼다.

"푸니 부인 사이즈로 모자치마 하나 주세요."

"푸니 부인께서 그동안 살이 더 찌진 않으셨지?"

"글쎄요. 그냥 전의 사이즈로 주시면 될 거예요."

"사람들이 모자치마를 많이 찾아서 조금 시간이 걸릴 거다. 여기 앉아서 기다리렴."

몰리는 벤치처럼 생긴 기다란 의자의 오른쪽 끝에 앉더니 품속에서 무언가를 꺼냈다. 물건을 넣을 검은 봉지였다.

"모자치마가 뭐예요? 모자가 달린 치마인가요?"

물어 보기를 좋아하는 위시드가 질문을 하자, 몰리는 개구리 그림이 그려진 탁자 위에 가방을 올려 놓고는 대답해 주었다.

"비슷해. 모자치마는 접어서 지퍼를 닫고 브로치를 달면 모자가 되고 그냥 펼치면 치마가 돼. 요즘 그게 유행이더구나. 푸니 부인은 벌써 같은 디자인으로 3가지 색의 모자치마가 있으면서 또 갖고 싶다고 안달이셔. 그러다가 우리 성에 있는 과일주가 모두 동나 버리고 말겠어."

"과일주요?"

"응, 비비 아주머니는 과일주를 아주 좋아하셔서 아주머니의 모자치마와 과일주를 종종 교환한단다."

"그렇군요"

데이피가 고개를 끄덕였다. 상점 내의 조그만 문이 삐그덕 열리더니 엄청난 크기의 옅은 노란색 모자치마를 한아름 든 비비 아주머니가 뒤뚱뒤뚱 걸어 나왔다.

"옛다. 휴, 요즘엔 그렇게 큰 모자치마는 만들기 어려워. 워낙 천이 모자라다 보니까."

"번번이 감사해요. 그리고 여기 과일주 2병이요. 푸니 부인께서 직접 구운 케이크도 넣었으니 곁들여 드세요."

"나도 매번 고맙구나. 아참, 이 아이들이 수호인들이니?"

"예. 어제 스프링에 도착했답니다."

"마땅히 선물할 게 없구나. 내일이라도 다시 와주겠니? 장갑이라도 떠놓을게."

"예, 다시 데리고 오겠어요."

몰리와 함께 인사한 뒤 그들은 상점을 빠져나왔다. 옷에 라벤더 향기가 밴 듯했다.

"자, 내 볼일은 끝났으니 다시 식료품 파는 곳으로 가자. 내가 모래과자를 사줄게."

식료품 장터에는 아직도 사람이 많았다.

"아주머니, 모래과자 12개만 주세요."

"12개나? 오, 꼬마 손님들이 왔구나? 그래, 하나 더 넣어 주마."

"감사해요."

몰리는 즐거운 표정을 지으며 모래과자 13개가 담긴 봉지를 흔들며 거리를 걸었다. 모래과자는 매직 아일랜드 해변에서 나는 모래가 주원료인데, 고소한 맛도 나고 단맛도 난다고 했다.

"얘들아, 잠깐."

몰리가 과일가게 앞에서 멈춰 섰다. 빨갛고 알이 굵은 사과와 샛노란 오렌지가 한 가득이었다.

"버사 아주머니, 뭐가 필요하세요?"

"내 가방이 그만 강에 빠졌지 뭐니. 그저 튼튼한 가방 하나면 많이 줄게."

"다행히 검은 가죽 가방하고 튼튼한 천 가방이 있어요."

"음, 천 가방을 줘. 사과? 오렌지?"

"적당히 주세요."

106

버사 아주머니는 익숙한 손놀림으로 봉지에 사과와 오렌지를 담기 시작했다. 사과는 대략 열 개 정도 담긴 것 같았다.

"안녕히 계세요."

그들은 이곳저곳 더 둘러본 후 저녁때쯤 스프링 성으로 돌아왔다. 모자치마를 받은 푸니 부인은 금세 입어 보고는 빙빙 돌며 수호인들에게 예쁘냐고 물었다.

보니 부인은 장 봐온 사과와 오렌지를 들고 식당으로 들어갔고, 그들은 식탁에 둘러앉아 모래과자를 먹었다. 맛이 썩 좋았다. 푸니 부인과 보니 부인이 다이어트 때문에 먹지 않는다고 해서 남은 2개와 버사 아주머니께서 덤으로 주신 1개, 총 3개의 모래과자 쟁탈전이 벌어졌다. 결국 끈질긴 집념으로 시비어, 플럭, 데이피가 먹게 되었다. 필리코니스는 문득 크리스털이 생각나 보니 부인에게 살짝 물어 보았다.

"저, 크리스털은 언제 주시는 건가요?"

"아, 그 얘기를 안 했구나. 잠깐 내 얘기 좀 들어주련?"

보니 부인은 그들의 맞은편에 앉았다.

"애석하게도 우리 마을에는 크리스털이 없단다. 하지만 실망할 필요는 없단다. 위자덤에서 보관하고 있으니까. 그럼에도 너희가 우리 마을을 거쳐야 하는 까닭은 너희들에게도 재충전의 시간이 필요하기 때문이지. 여기서는 편안히 쉬었다가 갔으면 좋겠다. 여기까지 오느라고 얼마나 힘들었니? 이곳 스프링에서 푹 쉬고 길을 떠났으면 좋겠다. 이게 우리 마녀마을 사람들 모두의 바람이란다."

모두 보니 부인의 말을 듣고 잠시 숙연해졌다. 하지만 확실히 스프링 성에 머물면서 새로운 힘이 솟는 기분을 느낀 것은 사실이었다.

"얘들아, 몰리가 장 봐온 사과로 파이를 만들어 봤어. 잠깐만 기다려라. 포크와 접시를 가져다줄게."

푸니 부인이 식탁 가운데에 격자 무늬의 향긋한 냄새를 풍기는 사과 파이를 올려놓으며 말했다. 플럭의 눈에서 반짝 빛이 났다.

"버사 아주머니의 과일은 맛이 아주 좋아."

보니 부인이 파이 냄새를 한껏 맡으며 말했다. 푸니 부인이 포크와 접시를 가져오자 제일 먼저 한 조각을 덥석 집어든 것은 플럭이 아닌 시비어였다.

"앗 뜨거!"

너무 뜨거워 혀를 덴 모양이었다. 시비어는 결국 식탁 위로 파이 조각을 떨어뜨리고 말았다. 몰리가 잽싸게 물 한 컵을 가져다주자 꿀꺽꿀꺽 마시며 혀를 쭉 내밀었다.

"식혀서 먹으라고 할걸 깜빡했네."

푸니 부인이 몸 둘 바를 몰라했다.

"괜찮아요. 조금 덴 것뿐이에요."

시비어는 억지로 웃어 보이며 씩씩하게 한 조각을 더 집었다. 파이는 아주 맛있었다. 버사 아주머니가 사과를 담을 때 더 달라고 애교를 부릴걸 잘못했다는 생각이 들었다. 파이는 순식간에 동이 났다. 언제나처럼 마지막 조각을 놓고 시비어와 플럭의 결투가 벌어졌으나 승자는 플럭이었다. 음식에 대한 집념은 플럭이 단연 으뜸이었다.

"맛있지? 푸니 부인의 솜씨는 위치 빌리지 최고라고 해도 과언이 아니야."

보니 부인이 칭찬하자 푸니 부인은 멋쩍어했다. 그러나 몰리는 한 조각도 먹지 못해 약간 심통이 난 것 같았다.

배부른 상태가 되니 잠이 쏟아졌다. 필리코니스는 방으로 가고 싶었으나 모두들 맛있는 냄새가 나는 식당에 더 있고 싶다고 했다.

"거베라에 대해 관찰하고 싶어."

프랭크가 말했다. 필리코니스는 결국 혼자 방으로 돌아와야 했다.

'프랭크 녀석, 지금쯤 혼자서 꽃이나 관찰하고 있겠지?'

필리코니스는 혼잣말로 중얼거리다가 벌떡 일어나 다시 밖으로 나갔다. 문을 열어 두는 것을 깜빡했기 때문이었다. 문을 열어 두고 다시 방으로 들어가려는 찰나, 가운뎃 방에서 이상한 소리가 나는 것 같았다. 방문 앞에 귀를 가져다대고 몰래 엿듣던 필리코니스는 갑자기 방문이 열리는 바람에 뒤로 꽈당 넘어지고 말았다.

"아이쿠!"

필리코니스 앞에 서 있는 사람은 온종일 보이지 않던 붉은 머리의 마녀였다. 그녀는 필리코니스보다 더 놀란 듯했다.

"넌 누구니?"

"예-에?"

어제 봤으면서 모르는 척하는 것이 좀 수상했다. 그녀는 필리코니스를 제대로 보지도 않고 뛰어나갔다. 필리코니스는 어안이 벙벙해진 채 그대로 한동안 주저앉아 있다가 식당으로 다시 갔다.

"필리코니스, 표정이 왜 그래?"

데이피가 걱정스러운 듯 물었다.

"으-응, 아무것도 아니야. 플럭은 어디 갔니?"

식당에 있어야 할 플럭이 보이지 않았다.

"프랭크와 더베라, 아니 거베라를 보러 나갔어. 여기 앉아서 초콜릿 좀 먹어."

"으-응"

플럭은 의외로 꽃을 좋아했다. 프랭크도 무엇이든 탐구하는 것을 좋아하므로 꽃을 관찰하는 것은 당연한 행동이었다.

"여자애들까지 꽃구경 가고, 결국 너 혼자 남은 거니?"

"응. 그런데 푸니 아줌마가 초콜릿을 주었어."

필리코니스는 초콜릿을 한 개 더 먹고는 초상화 구경을 하기로 했다. 초콜릿이 너무 달아 입 안이 얼얼했다.

"초상화에 모두 여자들만 그려져 있네?"

보보로드를 구경하다

"여긴 마녀마을이잖아."

데이피의 말에 필리코니스가 대답해 주었다.

초상화는 복도 양옆으로 빽빽이 걸려 있었다. 그림 속의 마녀들은 모두 후덕한 인상이었다. 데이피는 이미 저만큼 앞서 구경하고 있었다.

"히-익."

누군가가 필리코니스의 어깨에 손을 올렸다. 그는 깜짝 놀라 뒤를 돌아보았다.

"구경하는 거야?"

"휴우-."

몰리였다. 필리코니스는 차마 놀랐다고 할 수 없어서 태연한 척했다.

"궁금하지 않아?"

"뭐가요?"

"마녀마을과 마법사 마을이 따로 있는 것이……."

"글쎄요."

미처 생각하지 못했던 부분이었다. 몰리는 그럴 줄 알았다며 말을 이었다.

"5년 전에 갈린 거야. 암흑기 때 나는 너희만한 때여서 잘 몰랐지. 어찌어찌해서 이 성에 숨게 되었고, 아버지와 어머니는 장렬히 싸우셨어. 어린 나는 피신해 있었고……."

"그럼, 지금 어머니는 어디 계세요?"

"돌아가셨어."

"어, 미안해요."

"괜찮아. 벌써 5년 전 일인걸?"

필리코니스는 어떤 말을 해야 할지 몰라 당황스러웠다. 그러나 의연하게 말하는 몰리가 새삼 어른스럽게 느껴졌다.

"아버지는 위자덤에 계셔. 조만간 만나뵐 거야. 우리는 억지로 갈라진 게 아니라 우리 스스로 결정해서 그렇게 했어. 봉인이 풀리기 전까지는 당분간 서로 떨어져서 마법에만 전념하기로 말이야."

몰리는 잠시 말을 멈추더니 뒤에서 8번째 그림을 물끄러미 바라보았다. 그림은 몰리와 참 많이도 닮아 있었다.

"어머니야."

몰리의 눈가가 촉촉해졌다.

"어? 네가 몰리 누나를 울렸니?"

데이피가 갑자기 나타나 필리코니스를 의심의 눈초리로 쳐다보았다.

"미안해. 난 원래 눈물이 많아. 얘기를 마저 해줄게. 많은 마법사, 마녀들이 전사했어. 이곳의 보니 부인, 푸니 부인, 버사 아주머니들 모두 생김새는 인정 많은 동네 아주머니 같아도 싸움에서 살아남으신 위대한 분들이야. 나는 진심으로 그들을 존경한다."

"그렇군요."

보보로드를 구경하다

몰리의 말을 듣고 난 필리코니스는 마녀 아주머니들에 대해 다시 생각하게 되었다.

"애들은 꽃을 보러 갔다며? 후후, 위치 빌리지에는 널린 게 꽃인걸. 나도 한번 가볼까?"

"같이 가요."

"그러자, 데이피. 필리코니스도 갈 거지?"

필리코니스는 마지못해 대답한 후 억지로 끌려 나갔다.

모두 꽃에 취한 듯 프랭크는 마치 과학자처럼 어디서 준비했는지 돋보기로 거베라를 관찰하고 있었고, 플럭은 옆에서 조수 역할을 하고 있었다. 게다가 여자애들은 아예 꽃밭 위에 드러누워 있었다. 몰리의 두 눈이 왕방울만해지더니 급기야 소리를 질렀다.

"얘들아, 다들 일어나!"

여자애들은 용수철처럼 튀어올랐다. 옆에 서 있던 필리코니스와 데이피가 오히려 더 놀란 것 같았다.

"소리 질러서 미안. 그런데 꽃을 그렇게 다루면 큰일 나."

몰리는 여자아이들의 등에 묻은 풀 따위를 털어 주며 타일렀다.

"눈으로만 봐도 충분하잖아. 안 그래?"

몰리가 그렇게 말하자마자 갑자기 땅이 흔들렸다. 서 있지 못할 정도로 심하게 흔들리는 바람에 모두 허둥지둥하다 넘어졌다.

"어어-."

프랭크는 돋보기를 놓쳤고 플럭은 엉덩방아를 찧었다. 여자 아이들은 소리를 끽끽 질러 댔다. 길이 끔찍하게도 구부러지고 있었다. 그 와중에도 몰리는 태연하게 중심을 잡으며 품속에서 지팡이를 꺼내들었다. 그리고는 흙으로 된 길바닥에 별 무늬를 그렸다. 그러자 언제 그랬냐는 듯 길이 다시 곧게 되었다. 몰리는 그들을 돌아보며 다그쳤다.

"꽃을 심하게 다루니까 이렇게 된 거야. 앞으로 그러면 더 험한 꼴을 당할지도 몰라."

"꽃과 길이 구부러지는 것이 어떤 상관이 있나요?"

프랭크가 물었다. 몰리는 더 이상 말하기 싫다며 그만 들어가자고 했다. 그들은 풀 죽은 강아지처럼 몰리의 뒤를 졸졸 따라갔다.

스프링 성까지 오는 동안 마치 가시밭길을 걷는 것 같았다. 그들은 방금 전에 일어난 이상한 현상에 대해 묻지도 못한 채 몰리의 눈치를 보며 스프링까지 걷고 또 걸었다.

날은 어둑어둑해졌다. 펜타콘을 떠나 위치 빌리지에 당도한 지 이틀 동안 이곳에서의 생활은 즐겁기만 했다. 그러나 이 사건을 계기로 그들은 왠지 모를 불안이 엄습해 오는 것을 느꼈다.

밖이 어두울수록 성 안은 밝았다. 초상화들도 황금 촛대들도 그대로였다. 하지만 몰리의 냉랭함에 찬 기운이 감돌았다. 꽃

위에 드러누운 것 때문에 많이 화가 난 것 같았다. 하긴, 길이 이상하게 변한 건 그들 때문이니까 달리 할 말은 없었다.

여전히 향긋한 음식 냄새가 풍기는 식당 쪽이 분주한 걸 보니 마녀 아주머니들이 또 맛있는 음식을 준비한 것 같았다. 벌써 플럭의 발걸음이 빨라졌다.

식당 안에는 가운뎃방에서 나오다가 필리코니스에게 들킨 붉은 머리 마녀와 보니 부인이 있었다. 붉은 머리 마녀는 필리코니스를 보더니 험상궂은 표정을 지었다. 그냥 모른 체했으나 뒤통수가 따가웠다.

푸니 부인이 없으니 식당은 텅 빈 것처럼 썰렁했다. 남은 사과 파이를 조금 먹고 그들은 곧바로 올라가기로 했다. 갑자기 온몸에 피로가 몰려와 목욕을 하고 싶다는 생각이 간절해졌다. 결국 필리코니스가 침묵을 깼다.

"목욕은 어디서 하나요?"

쑥스러워 모기만한 소리가 되어 버렸지만, 보니 부인이 한 번에 알아들어 주어 다행이었다.

"손님 방들 중 두번째 방이 욕실이다. 대신 자정을 넘기기 전에 꼭 나와야 해. 알았지?"

필리코니스는 고개를 한 번 끄덕인 후 욕실로 향했다. 문앞에 섰을 때 필리코니스는 깜짝 놀라고 말았다.

'어? 어제 붉은 머리 마녀가 나왔던 곳?'

17
느낌이 좋지 않아

'**그녀는** 왜 어제 하루 동안 보이지 않았던 것일까? 하루 종일 욕실에 있었을 리는 없는데…….'

왁자지껄한 소리가 들리는 것을 보니 아이들이 오고 있는 것 같았다. 필리코니스는 생각할 겨를도 없이 문을 열고 후닥닥 안으로 들어갔다. 욕실은 그들이 묵고 있는 방보다 넓었다. 그러나 썰렁하기는 마찬가지였다. 큰 욕조 하나와 세면대, 길쭉한 수건 몇 장이 전부였다.

"이거, 너무 깨끗한걸?"

탄성이 저절로 나올 정도로 눈부신 하얀 타일들이 빼곡히 들어차 있었다. 그러나 얼마 안 가 욕실 제일 구석진 곳에 자리잡은 괴생물체를 발견한 필리코니스는 비명을 지를 수밖에 없었다. 그의 키의 절반 정도나 되는 커다란 개구리가 괴기 영화에나 나올 법한 모습으로 겹겹이 쌓인 채 늘어져 있었고, 개구리들이 흘린 검붉은 피가 하얀 바닥을 더럽히고 있었다.

필리코니스는 있는 대로 소리를 질렀으나 자세히 보니 더

느낌이 좋지 않아

말문이 막히고 속에서 무언가가 올라오는 것이 심상치 않아 고개를 돌렸다.

'개구리 시체라니. 싫다 싫어. 그런데 이상한 일이로군.'

참으로 기괴한 일이 아닐 수 없었다. 화장실에 그렇게 비정 상적으로 큰 개구리가 무려 3마리나 죽어 있다니. 필리코니스 는 메스꺼워 달리 조치도 취하지 못한 채 문을 벌컥 열고 나 와 버렸다.

"어디 갔다 왔어, 필리코니스?"

"그냥 욕실에……."

필리코니스는 왠지 아이들에게 알리면 안될 것 같다는 생각 에 위시드의 물음에 말꼬리를 흐렸다.

아이들은 모두 방에 모여 크리스털을 꺼내 놓고 구경하고 있었다. 소중히 해야 할 물건임에도 불구하고 긴장이 풀렸는지 크리스털을 던지고 받고 하며 장난을 치고 있었다. 필리코니스 는 회색의 크리스털을 보니 갑자기 감회가 새로웠다.

"이걸 보니까 유령들과 곡스가 생각난다."

프랭크가 그레이를 덥석 집고는 한번 던졌다 받으며 말했다. 그는 갑자기 혹 아저씨가 생각난 듯 말했다.

"혹 아저씨가 많이 도움을 주셨지. 고마우신 분이야."

펜타콘에서 혹 아저씨와 만난 것, 아저씨의 도움으로 곡스와 의 싸움에서 이길 수 있었던 것이 좋은 추억으로 남은 것 같 았다. 그러나 그곳에서 많은 일들이 있었고, 그만큼 힘들었던

119

곳이었다. 특히 풀과 버섯으로 끼니를 해결했던 고통스런 기억
도 남았다. 그에 비해 이곳은 무엇보다 맛있는 음식이 있고, 즐
거운 대화가 있는 곳이었다. 얼핏 생각하기엔 더할 나위 없이
좋은 곳이었다. 그러나 왠지 모를 두려움이 엄습하는 것을 필
리코니스는 어렴풋이 느끼고 있었다.

"마치 고향에 온 것 같아. 할 수만 있다면 계속 머물고 싶은
생각이 들어."

위시드의 말에 모두 동의했지만 필리코니스는 대답하지 않
은 채 눈길을 피하며 크리스털을 짐 속에 소중히 보관했다.

"정말 이곳이 좋다고 생각하니?"

또박또박한 목소리는 바이올렛이었다. 필리코니스를 포함한
아이들의 눈길이 그녀에게 쏠렸다.

"그럼 넌 싫은 거야?"

시비어가 묻자 그녀는 잠시 다른 곳을 응시했다. 혹시 그녀
도 자신과 같은 생각을 하는지 몰라 필리코니스는 자신의 생
각을 말하고 싶었지만 아이들이 웃어넘길 게 뻔하므로 참았다.

바이올렛은 자신이 뱉은 말을 어떻게 수습할지 몰라 당황해
했다. 그러나 곧 침착함을 되찾은 듯 당당하게 말했다.

"틀릴 수도 있으니까 심각하게 받아들이진 말아줘. 난 왠지
이곳에 대한 느낌이 좋지 않아. 끈끈하고 기분 나쁜 게, 굳이
말하자면, 음-."

바이올렛이 뜸을 들이자 아이들은 빨리 말하라며 재촉했다.

필리코니스도 그녀의 말이 궁금해서 아이들 쪽으로 바짝 당겨 앉았다.

"내가 어떤 말을 해도 웃지 않는다고 약속하면 말할게."

바이올렛은 뭔가 엄청난 말이라도 할 듯 심각한 표정을 지었다.

"알았어, 약속할게. 어서 말해 봐."

위시드가 다그쳤다.

"개구리가 있는 것 같아."

그녀의 쏜살같은 말에 잠시 침묵이 흘렀다. 곧 폭소가 터졌고, 바이올렛은 그럴 줄 알았다며 투덜거렸다. 하지만 필리코니스는 웃을 수 없었다. 서너 번 심호흡을 한 후 바이올렛에게 귓속말을 건넸다.

"바이올렛, 잠깐 얘기 좀 하자."

아이들은 그들이 나가는 줄도 모르고 "개구리가 있대. 상상력도 풍부하셔라." 하며 낄낄거렸다.

복도는 썰렁했고, 밤이어서인지 눈이 침침했다.

"무슨 얘긴데?"

바이올렛은 아이들의 놀림에 어깨는 축 처졌고 울상이 되어 있었다. 필리코니스는 욕실에서 있었던 일을 말하면 무슨 반응을 보일지 걱정되었으나 용기를 내어 말했다.

"바이올렛, 난 너의 감각이 예리하다는 걸 알고 있어. 비록 다른 아이들은 비웃지만 나는 달라."

"무슨 얘길 하려는 거야?"

바이올렛은 필리코니스의 말에 당황해했다. 필리코니스는 재빨리 말을 이었다.

"방금 전 목욕을 하려고 욕실에 갔었는데 커다란 괴생물체를 발견했어."

"혹시, 개구리?"

바이올렛은 겁먹은 표정을 짓더니 손으로 이마를 짚었다.

"그래. 개구리였어. 그것도 3마리나. 피를 철철 흘리고 있었지. 아마 죽었을 거야. 욕실 내부의 어떤 곳이 개구리와 관계가 있는 것이 분명해. 애들한테 말하면 번거로워질 테니까 나랑 같이 욕실을 조사해 보는 게 어때?"

"좋아. 하지만 조금 두려운걸. 내가 느낀 바로는 이곳은 위험해. 아까 말했지? 뭔가 기분 나쁘다고. 웃지 말아줘. 솔직히 말해 이곳에 들어서면서부터 무언가가 내 발을 끌어당기는 것만 같아서 섬뜩했어. 물론 아이들에게 말하면 또 놀림거리가 될 게 분명해. 어서 네 말대로 조사해 보는 게 좋겠다."

"고마워. 그럼 내일 아침 일찍 가볼까?"

"마녀 아주머니들은 부지런하셔서 우리가 새벽에 아무리 일찍 일어난다고 해도 깨어 있을 것 같아. 마주치기라도 하면 어떡해."

바이올렛의 말에 수긍이 갔다. 결국 그들은 새벽 2시쯤 지팡이를 들고 복도에서 만나기로 했다.

느낌이 좋지 않아

"조심해서 나와. 특히 시비어가 깨면 곤란하니까."

필리코니스는 바이올렛에게 주의를 준 뒤 방으로 돌아왔다. 그들은 따로따로 들어왔기에 의심을 받지는 않았다. 다만 플럭이 다시 바이올렛에게 개구리에 관한 일로 면박을 주었다.

"살다 살다 바이올렛처럼 엉뚱한 애는 처음 봐."

필리코니스는 대꾸하지 않은 채 창문을 열었다. 밤공기가 차지만 상쾌했다. 몇 시간 후에 있을 모험에 잠이 오진 않았지만 나중에 졸리면 안 되므로 조금 자둬야 할 것 같았다. 시끌시끌하던 방이 갑자기 잠잠해졌다. 모두 잠든 것 같았다. 필리코니스는 창문을 닫고 구석에서 잠을 청했다.

"일어나, 필리코니스."

눈을 붙인 지 얼마 되지 않은 것 같은데 바이올렛이 그를 깨웠다.

"어서 일어나. 벌써 새벽 2시가 넘었어."

코까지 골며 곤히 자고 있는 아이들을 조심조심 지나서 둘은 복도로 나왔다.

"복도에서 기다리다가 하도 안 나와서 들어가서 깨운 거야."

바이올렛이 팔짱을 끼며 툴툴거렸다. 필리코니스는 미안한 마음에 아무 말도 하지 못했다.

"여기가 욕실이야. 들어가자."

욕실 안은 아직 물기에 젖어 있었다.

"아직도 있어!"

바이올렛의 말대로 개구리들은 필리코니스가 좀전에 본 모습 그대로였다. 피로 물든 흰색의 타일이 아름답게 느껴지는 것이 놀라울 따름이었다. 그때였다.

"개골개골."

개구리 울음소리가 욕실 안에 울려 퍼졌다. 바이올렛과 필리코니스는 먹이를 찾는 매처럼 두리번거리며 소리의 근원지를 찾기 시작했다.

"개골개골."

"개골개골."

개구리 소리는 이제 귀를 틀어막을 정도로 계속되었다. 필리코니스는 욕조를 살핀 후 세면대 쪽으로 다가갔다.

"개골개골."

세면대 근처로 다가가자 소리가 더 크게 들렸다. 필리코니스는 소리가 나는 곳을 찾았다는 자신감에 가득 차 바이올렛을 불렀다. 그녀는 호기심 어린 얼굴로 세면대 근처를 서성댔다.

"개골개골."

마치 그들을 초대라도 하듯 개구리의 울음소리는 더욱 커졌다. 그들은 마침내 소리의 근원지가 세면대의 파이프라는 것을 알게 되었다.

"음, 파이프 속이었구나."

바이올렛이 중얼거렸다.

"일단 어디서 소리가 나는지 알게 되었으니 반은 성공한 셈

이야. 그런데 이제 어떡하지?"

그들은 고민 끝에 파이프를 자르기로 했다. 물론 완력으로 자를 수는 없는 노릇이었으므로 마법을 사용하기로 했다. 문득 비터콜드에서 주디에게 알음알음으로 배운 절단 주문이 기억 났다. 침착하게 파이프에 지팡이를 가져다 대고 주문을 외웠다.

"자컷! 파이프!"

그러나 파이프는 꿈쩍도 하지 않았다. 필리코니스는 다시 한 번 주문을 외웠다.

"자컷! 파이프! 자컷! 파이프!"

"위이잉, 와르르 쿵!"

"엄마야!"

필리코니스가 주문을 외우자마자 욕실 안은 무너진 세면대 와 파이프 파편이 내는 충돌음으로 가득 찼다. 무턱대고 파이 프의 중앙을 자른 탓에 세면대가 와르르 무너진 것이다. 바이 올렛은 놀라다가 발을 헛디뎌 넘어졌고, 그 덕분에 소리는 더 욱 커졌다. 필리코니스는 이 상황을 어찌할 줄 몰라 지팡이만 손에 땀이 나도록 꽉 쥐었다. 마녀들이 충돌음을 들었을 거라 는 생각에 아찔해졌다. 우선 도망치는 게 최선이었다.

그들은 슬리퍼를 내동댕이친 채 엉망진창이 된 욕실을 빠져 나와 각자의 방으로 돌아갔다. 필리코니스는 맨 구석으로 가서 이불을 뒤집어쓴 채 심호흡을 몇 번 했다. 그러나 격렬하게 뛰 는 가슴이 진정되질 않아 결국 밤을 새우고 말았다.

느낌이 좋지 않아

다음날 아침, 필리코니스는 아직도 떨리는 마음을 애써 감추며 아이들과 식당으로 내려갔다.

"푸니 부인과 몰리는 안 보이네요?"

이상하게도 두 명의 마녀가 보이질 않았다. 위시드가 두리번거리며 묻자, 보니 부인이 미묘한 표정으로 그들을 바라봤다. 그러나 그것을 눈치챈 사람은 필리코니스 뿐이었다. 부인은 곧 다시 미소를 지으며 아무 일 아니라고 말하고는 위시드의 어깨를 두드려 주었다. 하지만 미심쩍었다. 돌아가면서 모습을 감추는 마녀들의 행동이 이해가 가질 않았다.

"별일 아니니까 신경 쓰지 말고, 식사나 하려무나."

그들은 금세 그 일은 까마득히 잊은 채 식사를 했다. 여전히 플럭은 게걸스럽게 손바닥만한 빵 5개를 먹어치웠다.

그들 맞은편에 보니 부인이 앉았다. 그녀는 그들을 찬찬히 둘러보더니 말했다.

"혹시 어젯밤 늦게 욕실에 간 사람 있니?"

바이올렛의 안색이 파래졌고, 필리코니스는 가슴이 철렁 내려앉는 것 같았다. 보니 부인의 얼굴은 온화해 보이면서도 진지했다. 갑자기 예리해진 부인의 눈빛 때문에 두 배는 더 무섭게 보였다.

"대답들이 없네? 욕실에 갔던 사람 없어?"

"네. 모두 피곤해서 금세 잠들었는걸요."

위시드가 발랄하게 말하자 보니 부인의 미간이 살짝 찌푸려졌다. 그녀는 한숨을 쉬더니 알았다고 하고는 식당을 빠져나갔다. 필리코니스는 한시름 놓았다는 생각에 가슴을 쓸어내렸다. 영문도 모른 채 말해 준 위시드가 너무 고맙게 느껴졌다.

위시드는 필리코니스가 그녀에게 욕실에 갔다 왔다는 얘기를 한 것을 잊은 모양이었다. 필리코니스와 바이올렛은 윙크를 하며 남들이 눈치채지 않게 미소를 지었다.

식사를 마쳤으나 아이들은 좀처럼 자리에서 일어나려 하지 않았다. 식사를 하니 졸음이 오는지 데이피는 이미 꿈나라로 갔다. 프랭크는 무언가 골똘히 생각하고 있었고, 시비어와 위시드는 식탁 위에 무언가를 끄적거렸다. 바이올렛과 필리코니스는 조심스럽게 자리를 피했다.

"휴우. 아까 심장이 녹아내리는 줄 알았어."

필리코니스의 말에 바이올렛은 세차게 고개를 끄덕이며 동의했다.

"보니 부인이 어떻게 알았지?"

"당연한 거 아냐? 우리가 그렇게 큰 소리를 냈는데 못 들을 리가 없지."

바이올렛은 오늘밤 욕실에 한 번 더 가보자고 말했다.

"그러지 말고, 지금 가보는 게 어때?"

필리코니스는 그렇게 말하고 욕실로 향했다. 그들은 조심스럽게 마녀들의 방이 있는 복도를 지나 욕실 문 앞에 섰다. 귀를 바짝 대보니 아무도 없는 것 같았다.

느낌이 좋지 않아

"그대로인걸?"

바이올렛의 말에 세면대 쪽으로 눈을 돌리자, 어제와 마찬가지로 엉망진창인 세면대와 파이프 조각을 볼 수 있었다. 그들은 황급히 욕실을 빠져나왔다. 섣불리 손을 댔다가 보니 부인에게 의심을 받으면 큰일이기 때문에 밤늦게 다시 만나기로 했다.

다시 식당으로 내려가니 아이들이 그대로 앉아 있었다. 데이피의 말로는 보니 부인과 붉은 머리 마녀가 황급히 성을 나섰다고 했다. 그리고 그들의 표정은 매우 언짢아 있었다고 전해 주었다. 필리코니스는 필시 그들의 외출이 그가 무너뜨린 세면대의 파이프와 관계가 있을 거라고 생각되었다.

아이들은 푸니 부인과 몰리의 부재에는 관심이 없는 듯했다. 하지만 필리코니스와 바이올렛은 마녀들의 행동을 짐작해 보느라 정신이 없었다.

"넌 아까부터 왜 그렇게 심각해?"

위시드가 물었다. 필리코니스는 대충 피곤해서 그렇다고 둘러대고는 더 골치 아파지기 전에 자리를 피해야겠다는 생각을 했다. 하지만 플럭이 그를 놓아 주지 않았다. 그때, 데이피가 찢어지게 하품을 하며 일어났다. 그의 입가에 침이 흐르자 아이들은 모두 웃어 댔다. 필리코니스는 그 와중에도 욕실의 개구리 생각에 웃을 여유가 없었다.

'마녀들이 갑자기 성을 비운 까닭이 무엇일까? 혹시 두 명

의 마녀가 없어진 것이 욕실의 파이프가 깨진 것과 관련이 있
을까? 그렇다면 그들은 왜 매일 한 명씩 교대로 사라지는 것
일까?'

의문점은 한두 가지가 아니었다. 일이 실타래같이 복잡하게
얽힌 것 같았다. 그는 일단 마녀들이 돌아오기를 기다려 보기
로 했다.

플럭이 입이 심심하다며 식료품이 가득 찬 바구니에서 사과
7개를 가져왔다. 뒤뚱뒤뚱 위험하게 걸어오다가 결국 반 이상
이 굴러 떨어져 데이피가 주워 주었다. 각자 옷자락으로 사과
를 박박 문질러 와삭 베어 물었다.

그때, 식당 문이 거칠게 열리면서 마녀 4명이 씩씩거리며 들
어왔다. 그들의 모습에 너무 놀라 누군가는 사과를 떨어뜨렸
고, 다들 할말을 잃었다.

가장 먼저 들어온 푸니 부인은 얼굴이 수척하고 검댕 같은
것이 온몸에 잔뜩 묻어 있었으며 머리는 새둥지를 튼 것처
럼 헝클어져 있었다. 붉은 머리 마녀 역시 마찬가지였고, 고약
한 냄새까지 풍겼다.

뒤따라 들어온 몰리는 얼굴이 상처투성이였다. 보니 부인은
그 아름답던 갈색 머리가 한 움큼 빠져 있었는데, 다들 어디서
전투라도 치르고 온 것처럼 깨끗했던 피부는 굴뚝 청소부같이
더러워져 있었다. 푸니 부인은 그들에게 다가오더니 위압적인
목소리로 냅다 소리를 질렀다.

느낌이 좋지 않아

"당장 위자덤으로 가거라. 이제 너희들은 이곳에 있을 만큼 있었어! 당장 짐 싸가지고 나가!"

처음 그들을 맞아 줄 당시의 마음씨 좋은 푸니 부인의 모습은 사라지고 없었다. 그녀에게 제일 가까이에 있던 데이피는 겁에 질린 표정으로 사과를 내려놓았다.

"무슨 일인지는 모르지만……"

18
파이프 루트의 비밀

"무슨 일인지 모른다고? 너희들 중에 우리를 골탕 먹이려고 작정한 사람이 있다는 걸 우리가 모를 줄 아니? 미안하지만 더 이상 말하기 싫구나. 어서 나가 주렴. 이 마을을 떠나란 말이다."

프랭크가 최대한 침착하게 물어 보았으나 몰리는 그의 말을 딱 자르더니 무서운 기세로 몰아붙였다. 그들은 어깨를 축 늘어뜨린 채 마녀들의 따가운 눈총을 받으며 방으로 돌아갔다.

"어떻게 된 거야? 영문을 모르겠어."

위시드가 한 대 얻어맞은 듯한 표정으로 중얼거리자 시비어가 힘없이 맞장구쳤다. 필리코니스도 아직 욕실 사건의 전말을 파악하지 못했는데 떠나야 한다니 맥이 빠졌다.

"그런데 마녀들 차림새가 왜 그래? 꼭 폭격 맞은 것처럼 말이야. 그리고 이렇게 갑자기 쫓아내다니……."

"도대체 누가 무슨 골탕을 먹였다는 거야? 정말 알 수 없는 일이야."

시비어와 플럭이 어깨를 으쓱이며 궁금해했다. 필리코니스와 바이올렛은 서로 심각하게 쳐다보았다.

그들은 대충 짐을 꾸리고는 복도에 다시 모였다. 아이들의 표정은 매우 어두웠다. 마녀들은 팔짱을 낀 채 다른 곳을 바라보며 자기들끼리 수군거리고 있었다. 그들은 쓸쓸히 성을 떠났다. 프랭크는 거베라가 눈에 들어오자 짓밟아 버리고 싶은 충동이 일었다.

'에잇, 이깟 것!'

갈림길이 나오자 그들은 주저 없이 보보로드로 이어지는 왼쪽 길을 택했다. 몰리가 진짜 마을이라고 부르던 마녀들의 거주지가 나오자 그들은 약간 주눅이 든 자세로 그곳을 지나쳤다. 다행히도 거리에는 사람들이 없었다. 무슨 일인지 매우 조용했다.

자갈길이 넓어지는 걸 보니 보보로드가 시작되는 것 같았다. 하지만 어제 그들을 반겨 주던 천막들은 보이지 않았고, 맛있는 냄새도 맡아 볼 수 없었다. 조금 실망한 그들은 신발을 질질 끌며 터벅터벅 걸었다.

이어서 상점거리가 보이자 다시 발걸음은 빨라졌다. 하지만 그곳도 보보로드와 마찬가지로 단 한 명의 마녀도 구경할 수 없었다. 양옆을 살피며 걷다 보니 고양이 모양의 간판이 눈에 들어왔다. 그들은 너나 할 것 없이 서로를 쳐다보았다. 어제 주인 아주머니께서 하신 말씀이 귓전에 맴돌았다.

"털장갑을 떠주신다고 했는데……."

위시드가 아쉬운 듯 상점 문 앞에 멈춰 서서 말하자 프랭크
가 말했다.

"잊어버려. 환영 받던 손님들이 어쩌다 삽시간에 불청객이
돼버렸는데 뭐."

그들은 프랭크의 말에 조용히 고개를 끄덕이고는 다시 걷기
시작했다. 약 5분 정도 걷자 길은 왼쪽으로 굽었고, 굽은 지점
에서 다시 10분쯤 걸어가자 분홍색 팻말에 굵고 서툰 글씨체
로 '위자덤'이라고 쓰여 있었다.

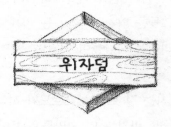

그들은 가방을 다시 고쳐 메고 미지의 마을 속으로 들어갔
다. 길 양옆에는 나무들이 밑동만 흉하게 남아 있어 눈살이 찌
푸려졌다. 햇살은 따갑도록 비쳤으나 마을 어귀의 분위기는 그
리 유쾌하지 못했다. 위치 빌리지를 방문했을 때처럼 그들을
마중나와 주는 것도 아니어서 그들은 쓸쓸하게 마을 중심부까
지 들어갔다.

역시 사람이라곤 찾아볼 수 없이 너무 쓸쓸한 마을이었다.

필리코니스는 지친 나머지 거리의 벤치에 쓰러지듯 앉았다. 그러자 그를 따라 모두 벤치에 앉았다.

쾌청한 날씨에 꼬마 7명이 축 처진 채 옹기종기 모여 있는 꼴이라니. 필리코니스는 무얼 잘못했는지 알지도 못한 채 쫓겨난 것이 무척이나 분했다. 그가 씩씩대자 플럭이 걱정되는지 너무 그러지 말라며 위로했다. 필리코니스는 멍하니 하늘을 올려다보았다.

"참 맑기도 하다."

그는 자신도 모르게 불쑥 말했다.

"이럴 게 아니라 우리가 직접 사람들을 찾아 보자."

필리코니스는 다시 힘을 내어 밝은 목소리로 아이들을 선동하려 했지만 그들은 억울하고 지친 마음에 어디도 가고 싶지 않다며 버텼다. 결국 필리코니스 혼자 이곳저곳 어슬렁거리며 사람들을 찾았다. 그 모양을 지켜 본 나머지 아이들도 일어나서 우선 꽁꽁 닫혀 있는 집들의 문을 두드렸다.

"아무도 없어요? 아무도 없어요?"

각자 이곳저곳 흩어져 대문을 두드리자 바이올렛이 두드린 집에서 마법사들이 우르르 몰려나왔다. 그들은 의심스러운 눈초리로 그들을 쏘아보았고, 그들은 마법사들에게 최대한 좋게 보이려고 안간힘을 썼다. 대장격인 덩치 크고 무시무시하게 생긴 마법사가 그들에게 말을 걸었다.

"누구더냐?"

아이들이 필리코니스를 떠밀어 그가 맨앞에 서서 마법사에게 차근차근 자신들이 여기까지 오는 동안 있었던 일을 설명해 주었다. 물론 불미스러운 일은 빼고 말했다. 그러자 7명의 마법사들은 서로 귓속말을 나누더니 덩치 큰 마법사가 눈을 게슴츠레하게 뜨고는 말했다.

"마녀마을에서 쫓겨났다던데."

정곡을 찔린 그들이 당황스러워하자 마법사들은 혀를 차며 그들을 비교적 큰 집으로 안내했다.

"수호인들, 그대들의 실수는 지난 일이고, 그리 걱정할 일이 아니니 덮어 두도록 합세. 그리고 내 이름은 허크요. 위자덤의 부촌장이지."

그들은 덩치 큰 마법사의 마음 씀씀이가 고마워서 어쩔 줄 몰랐다. 그때, 철딱서니 없게 위시드가 나서서 일을 그르쳤다.

"저희들이 대관절 무슨 실수를 저질렀다는 거죠?"

허크의 눈은 커지고 입은 둥글게 모아졌다. 그리고 검지손가락으로 삿대질을 하며 그들을 다그쳤다.

"허허, 밤 늦게 파이프 루트를 자른 게 그대들의 짓이 아니란 말인가?"

"파이프 루트?"

그럼, 마녀들에게 쫓겨난 까닭이 파이프를 부쉈기 때문이란 말인가?

"파이프 루트라뇨?"

138

다시 위시드가 물었다. 허크는 그녀의 물음에 정색을 하며 말했다.

"그것까지 말할 순 없음이야. 이 중 누군가가 마녀와 마법사들을 곤경에 빠뜨린 건 확실한 사실이야. 어쨌든 손님인 만큼 이곳에서 쉬어가도록 하죠. 누구의 소행인지는 몰라도……"

"파이프에 어둠의 기운이 남아 있던데?"

얼굴이 길쭉하고 차가워 보이는 마법사가 기분 나쁜 웃음을 흘리며 말했다. 그는 허크의 말허리를 싹둑 잘랐다. 그리고는 필리코니스를 쏘아보며 의심스러운 눈초리를 보냈다. 필리코니스는 너무 놀라 심장이 얼어붙는 듯했다. 그는 필리코니스를 지나치며 싸늘한 목소리로 귀엣말을 건네고는 밖으로 나갔다.

"서툰 절단 마법이더군."

필리코니스는 최대한 화난 것처럼 보이려고 인상을 썼으나 마법사는 조금도 동요하지 않고, 피식 웃을 뿐이었다. 필리코니스는 자신이 했던 행동을 꿰뚫어 보고 있다는 것이 놀라울 따름이었다.

"루크는 원래 말은 차갑게 하는 사람이니 신경 쓸 필요 없음이야."

조금 전, 루크가 필리코니스 손의 서너 배는 족히 되어 보이는 손을 필리코니스의 어깨에 올리더니 세게 한번 쥐었다가 놓았으므로 아직도 어깨가 조금 아팠다.

"얘는 마크, 저치는 자크, 방금 나간 루크, 그리고 누크와 나,

이렇게 다섯이 마을의 청년회 멤버지. 뭐 청년회라고 하기까지
엔 쑥스럽지만. 흐흐."

　허크는 그들에게 청년회(청년이란 기준이 어디까지인지는 모
르지만) 멤버를 소개시켜 주었다. 엄청난 키에 말끔하게 생긴
청년은 마크라고 했고, 그에 비해 매우 땅딸막해 필리코니스보
다 작은 붉은 콧수염의 아저씨는 자크, 그리고 얼굴이 둥글고
선해 보이는 사람이 누크였다.

　필리코니스의 화를 돋우었던 자는 루크이며 차가운 사람이
란 걸 알 수 있었다. 이곳의 촌장은 노엘이라는 덕망 있는 노
인인데, 허크는 내일 수호인들이 그를 만나야 한다고 했다. 아
무래도 파이프 루트 때문인 것 같았다. 그들은 이곳에서는 되
도록 오래 머무르지 않아야겠다고 생각했다. 그래서 묵을 곳을
가장 간단한 움막집으로 정했다.

　다음날, 아침 일찍 누군가가 문을 두드려 나가 보니 허크와
마법사들이었다. 루크는 여전히 차가운 눈초리로 필리코니스
를 바라보았고, 필리코니스는 그의 눈빛을 피하려 무던히 애를
썼다. 루크가 눈길을 거두고는 모두에게 촌장을 뵈러 가자고
했다. 허크는 촌장이 비팀의 세 마법사보다 한수 위이고, 매직
아일랜드의 정신적 지주라며 입에 침이 마르도록 자랑을 했다.
덕분에 그들도 조금은 기대가 되었다.

　촌장의 집은 으리으리했다. 집이라기보다는 성에 가까웠다.
지붕의 바로 밑에는 커다란 시계가 달려 있었다. 문을 잠가 두

지 않았는지 허크가 문을 열어 그들이 들어갈 수 있도록 길을 내주었다. 천장은 끝도 없이 높았으나 밖에서 본 것에 비해 안은 좁았다. 석상 몇 개가 아슬아슬하게 탁자 위에 올려져 있었고, 왼쪽에 계단이 있었다. 그들은 마법사들의 뒤를 따라 계단을 올라갔다. 매우 낡아 보이는 나무 계단은 삐걱거렸다. 계단은 높기도 했고, 또 너무 많아 한참을 올라가고 나서야 촌장의 방 입구에 도착할 수 있었다.

허크는 노크도 하지 않고 '정숙'이란 글귀가 붙여진 방문을 벌컥 열었다. 방 안에 온통 깔린 붉은 융단이 고급스럽게 느껴졌다. 융단 덕분에 허크가 아무리 쿵쿵거리며 걸어도 소리가 울리지 않았다.

"촌장님, 수호인들을 데려왔습니다."

허크가 그들에게 손짓하며 말하자, 눈부신 은빛의 긴 머리를 지닌 노인이 안경을 고쳐 쓰더니 실눈을 뜨고 그들을 바라보았다. 그리고 미소를 지으며 잔뜩 쉰 목소리로 말했다.

"똘똘해 보이는 아이들이군."

"너무 똘똘해서 탈이 난 모양입니다. 스프링 성의 마녀들이 곤경에 처한 사실을 알고 계시죠? 요놈들 짓인 게 분명해요."

허크가 그들을 매섭게 쳐다보며 말하자, 갑자기 촌장은 웃음을 터뜨렸다.

"허허 허허허. 일이 별 탈 없이 마무리 된 걸 감사하게 생각하게."

"그렇지만 매우 위험했지 않습니까?"

루크가 앞으로 나서며 말하자 촌장은 손사래를 쳤다.

"그만. 이 아이들도 알 권리는 있지 않은가?"

촌장이 의자를 약간 뒤로 젖히며 말하자, 루크의 표정이 굳어지더니 다시금 말했다.

"저는 그렇게 생각하지 않습니다."

루크의 말에 순간 정적이 감돌았으나 마크가 갑자기 촌장의 푸른색 펜에 관심을 갖고 말을 걸어 분위기는 다시 좋아졌다. 촌장은 푸른색 펜이 보보로드의 상점가에서 구입한 것이라며 아이처럼 즐거워했다. 그는 꼬장꼬장하고 매섭게 생겼지만 말씨는 꽤나 부드러웠다.

"잠깐 허크와 수호인들과 긴히 얘기할 것이 있는데, 비켜 주겠나?"

촌장은 지금까지와는 달리 표정이 무섭게 바뀌더니 날카로운 눈으로 수호인들을 쏘아보았다. 촌장의 부탁에 누크와 자크는 공손히 인사를 하고 나갔으나 루크는 좀처럼 나가지 않았다. 결국 허크가 억지로 떠밀어 나가게 되었다.

"파이프 루트를 자를 만한 능력의 소유자라면, 엄청난 마력이 있어야 할 텐데. 아직 어리지만 이 아이들이 용의자로 지명된 것은 어쩌면 당연한 일일지도 몰라. 그런데 어떻게 단번에 깨뜨렸나, 필리코니스 군?"

갑작스런 질문에 놀란 건 필리코니스만이 아니었다. 모두 촌장과 필리코니스를 번갈아 쳐다보았다.

"예? 무슨 말씀이신지 잘 모르겠는데요."

필리코니스는 의도한 것도 아닌데 거짓말이 술술 나왔다. 이를 어쩌면 좋지?

"따라오게, 필리코니스 군. 아! 바이올렛도 함께 와주면 고맙겠군."

촌장은 무거운 표정으로 양손을 책상 위에 얹고는 두 팔을 지탱해 간신히 일어나더니 필리코니스와 바이올렛에게 따라오라며 어딘가로 그들을 끌고 갔다.

촌장을 따라가는 두 사람의 모습을 지켜보는 아이들과 허크의 눈빛이 매우 불안해 보였다.

"허크, 말해 주세요. 파이프 루트라는 것은 무엇이고, 두 사람이 촌장에게 끌려가는 이유는 뭐죠?"

높은 톤의 빠른 목소리로 위시드가 말했다.

"진정해. 차차 알게 되겠지. 차차 알게 될 거야."

허크가 진지하게 타이르자 술렁거림이 조금은 멎었다.

필리코니스와 바이올렛은 어느새 어두운 공간 속으로 끌려 들어갔다. 필리코니스를 세게 잡은 까칠한 손은 좀처럼 그의 손을 놓아 주지 않았고 적막 가운데 바이올렛의 재채기 소리만이 간간이 들릴 뿐이었다. 소리가 울리는 걸 보니 무슨 터널 같기도 한데, 촌장의 고급스러운 방문을 열자마자 연결되어 있는 것이 수상할 따름이었다. 그 상황이 되자, 필리코니스의 머리 속은 지금까지 있었던 일들이 주마등처럼 스쳐 지나갔다.

위치 빌리지에 도착한 우리는 그곳의 편안한 분위기에 적응해 나가던 도중 욕실에서 개구리 소리를 듣게 되고, 바이올렛과 생각이 일치한다는 걸 알게 된 후 욕실에서 나는 소리에 대한 조사를 하러 가게 된다. 그러던 도중 세면대의 파이프에서 소리가 난다는 것을 발견하고, 절단 마법으로 파이프를 잘랐으나 세면대가 무너지는 바람에 도망치다시피 그곳을 빠져나오게 된다.

다음날 아침, 마녀 두 명이 모습을 보이지 않았고 남아 있던 보니 부인은 그들에게 욕실에 갔었던 사람이 누구냐고 추궁한다. 우리가 대답하지 않자 그녀는 붉은 머리 마녀와 함께 성을 비운다. 잠시 후 네 명의 마녀가 지저분한 몰골로 돌아왔고, 우리를 당장 성에서 나가라며 내쫓는다. 그리고 이곳 위자덤에 도착한다. 청년회 마법사들은 나와 바이올렛이 실수를 저질렀다는 것을 알고 있었고 파이프 루트를 언급하며 그들을 촌장의 집으로 데려오게 된다.

촌장의 방에서 욕실 사건에 대해 청년회 마법사들과 촌장이 잠깐 얘기를 나누던 도중 촌장은 갑자기 허크를 뺀 나머지를 밖으로 내보낸다. 그리고 촌장은 나에게 넌지시 단번에 깨뜨렸느냐고 묻는다. 그 말의 궁극적인 뜻은 내가 범인이라는 걸 확신한다는 뜻이라고 봐야 한다.

필리코니스는 그렇게 촌장이 꿰뚫어 볼 줄 알았다면 진작 자신이 그랬다고 밝힐 걸 그랬다는 생각이 들었다. 자신을 능청스럽게 위기를 모면하려는 위인이라고 생각할 것이 아닌가.

생각이 꼬리에 꼬리를 물고 이어지자, 그것을 중단이라도 시키려는 듯 어두운 공간에 조금씩 빛이 스며들었다.

마침내 완전히 어둠이 걷히자 매우 소박한 욕실이 나타났다. 스프링 성의 욕실 크기와는 비교도 안 되는 2평 남짓한 욕실이었다. 그곳에는 예상했던 대로 세면대 하나만이 좁은 공간을 거의 차지하고 있었다.

촌장이 잡고 있는 손의 힘이 점점 풀어지자 필리코니스는 자연스럽게 그에게서 손을 뺐다. 촌장이 필리코니스와 바이올렛을 한 번씩 돌아보더니 매우 천천히 말했다.

"파-이-프-루-트-를-부-수-다-니, 파-이-프-루-트-를-깨-뜨-린-건 비-팀-의-세-마법-사, 그-리-고-나-뿐-이-었-다. 견-고-한, 성-스-러-운 그-리-고 끔-찍-한-."

그의 말소리는 공간을 울리면서 이어졌다. 그는 잠시 말을 멈추더니 고개를 위로 쳐들었다.

"진정한 지옥을 맛본 적이 있는가?"

그들은 대답할 수 없었다. 아무리 곤란한 질문이라도 어떻게든 대답하는 필리코니스였지만 이번엔 그저 입을 꾹 다물 수밖에 없었다. 촌장은 낮은 신음소리를 내며 말을 이었다.

"나는 맛보았네. 물론 이 섬의 생명체들은 일제히 이 섬 안에서 지옥을 체험했지. 그 험난한 고통을 헤치고 살아온 우리는 다시 끔찍함을 맛봐야 했다. 허크, 루크, 자크, 누크, 마크, 버사, 마리, 푸니, 몰리, 보니, 벨, 테레사, 그리고 나."

"청년회와 스프링 성의 마녀들인가요?"

조용하게 있던 바이올렛이 물었다.

"그렇다."

촌장은 눈을 지그시 감더니 말을 이으려 하지 않았다. 결국 필리코니스가 말을 꺼냈다.

"솔직하게 말씀드리겠어요. 이제 와서 말한다고 해봤자 우스우시겠지만, 파이프를 부순 건 접니다. 하지만 악의로 한 일이 아니었어요. 그리고 지금까지 말씀해 주신 일들이 이해가 잘 되지 않는데, 다시 설명해 주셨으면 합니다."

모두 털어놓고 나니 마음이 시원했지만, 알 수 없는 말만 하는 촌장 때문에 다시 답답해졌다. 감겼던 촌장의 눈은 다시 뜨였고 필리코니스의 말에 답했다.

"알고 있었네. 어둠의 기운은 언제나 머물던 자리에 남게 되는 법, 다만 재능의 크기에 따라 남기는 여운의 깊이가 달라지지. 너의 재능은 매우 뛰어나다. 그리고 파이프를 부순 것에 대한 죄책감에 시달리지는 말게. 좋게 마무리 되었으니까 말야. 다만 언제나 조심스럽게 행동하라는 교훈이라고 생각하게. 푸니와 몰리, 그리고 그녀들을 구하러 간 보니와 마리에게 좋지 않은 일이 생길 뻔했다. 그 말은 그녀들에게 죽음이 찾아올 뻔했다는 것이다. 파이프 루트는 중요한 매개체지. 이제 본격적으로 그것에 대해 얘기하도록 하지."

필리코니스는 그의 말에 너무 놀라 흥분된 가슴을 진정시킬 수 없었다. 필리코니스가 네 명의 마녀를 죽음의 위기에 몰아넣었다는 사실이 너무 놀랍고 죄스러워 고개를 들 수 없었다. 그런 필리코니스를 아랑곳하지 않고 촌장은 세면대 가까이 다가가 그들을 불렀다.

"이리들 오게. 두번째 파이프 루트를 보여 주겠네."

가까이 다가가 보니 스프링 성의 욕실 세면대와 비슷했다. 촌장의 손가락이 파이프를 가리켰다. 파이프에는 개구리 모양이 새겨져 있었다. 필리코니스는 흠칫 놀라 뒤로 살짝 물러났다. 개구리는 비록 그림이었지만 섬뜩하게 그려져 있었다. 비정상적으로 큰 개구리의 눈이 마치 필리코니스를 노려보는 것 같았다.

"파이프 루트를 타고 내려가면 무엇이 나올 것 같나?"

"모르겠는데요."

솔직히 답하자, 그는 쓴웃음을 지으며 말했다.

"스프링에서 머물 때 마녀들이 하나 둘씩 없어졌다가 다시 나타나지 않았느냐?"

"예. 그랬어요."

바이올렛이 고개를 끄덕이며 말했다.

"우리는 7일에 한 번꼴로 그곳에 가야 한다. 스프링과 우리

집의 파이프 루트가 이어지는 곳이 바로 그곳이지. 이제 그곳이 생긴 경위, 우리가 평생 업으로 삼아야 할 그 일에 대해서 말해 주겠다."

촌장은 그렇게 말한 후 그들에게 긴 이야기를 해주었다. 충격적인 이야기를 듣는 내내 필리코니스는 어지러움을 느꼈다.

"암흑기 때 우리는 수많은 어둠의 무리 마법사와 괴물들을 죽여야 했다. 막강한 그들을 모두 없앨 순 없었지만 죽인 수는 꽤 많았다. 그리고 혈투 끝에 우리가 킥워드를 봉인하자 남아 있던 어둠의 무리들은 혼비백산해서 흩어졌고, 지금 대부분 카네트 산에서 숨어 지내고 있다. 하지만 그들 모두 카네트 산에 들어가진 않았다. 그 중 몇몇은 우리를 습격했었지. 우린 그들을 생포했으나 그 과정에서 보니의 남편 혹과 마리의 남편 샘을 잃었단다. 우리에게 붙잡힌 그들은 살려 달라 애원했지. 보니와 마리는 오열하며 죽여야만 한다고 했다. 그러나 우린 그들을 살려 주었다. 바로 그게 화근이었지. 지금에 와서 그를 비난하고자 하는 건 아니지만 루크가 잔인했다. 그도 지금 와서는 인정하고 있지."

"어떻게 했길래……."

바이올렛이 그의 말을 끊고 질문했다. 촌장은 또다시 신음소리를 냈다.

"으음— 어떻게 보면 생매장을 한 거나 다름없지. 그들을 온몸에 부스럼이 나고 고름이 쏟아지는 개구리로 만들었다. 그리고 위자덤과 위치 빌리지 사이 정확히 한가운데에 위치한 지하 감옥에 가두었지. 청년회 마법사들과 스프링의 마녀들은 이일을 두고 회의를 했는데, 루크는 그저 죽이는 게 아니라 더 큰 고통을 줘야 한다고 강력히 주장했지. 그는 개구리들에게 아무것도 공급하지 않고 그렇게 서서히 죽도록 놔두어야 한다고 했어. 하지만 그들은 번식했다. 계속 대를 이어 가며 분노와 증오의 목소리로 울어 댔지. 파이프를 타고 올라오는 끔찍한 울음소리. 그리고 결국엔 파이프를 따라 성으로 침투해 우리에게 공격을 가했다."

"개구리들이 그렇게 강했나요?"

필리코니스가 묻자 촌장의 눈빛은 날카롭게 변했다.

"돌연변이가 되었어! 지하 감옥에서 어떤 일이 있었는지는 몰라도 원래 손바닥만 했던 개구리들은 엄청난 크기가 되었고, 결국 독을 뿜더군."

촌장이 잠시 말을 멈추었다가 다시 말했다.

"개구리들이 계속해서 번식하는 것을 도저히 막을 도리가 없었지. 그래서 개구리들이 성에 침투한 다음날부터 그들은 각자 돌아가며 지하 감옥에 가서 번식을 막았단다."

"청년회 마법사들과 스프링의 마녀들이 모두 함께 가서 해치우면 간단하지 않았을까요?"

필리코니스는 곰곰이 생각하다가 얼른 물었다. 기가 막히게 좋은 생각이라고 여긴 필리코니스는 촌장을 유심히 바라보며 대답을 원했다. 그러자 그는 손가락으로 관자놀이를 지그시 누르더니 말했다.

"이것까진 말하려 하지 않았다만, 어쩔 수 없구나."

"빨리 말해 주세요."

바이올렛이 적극적으로 재촉했다.

"알았다. 지금 얘기하마. 우리는, 그러니까 나와 청년회 마법사들, 위치 빌리지의 7명의 마녀들은 매직 아일랜드의 요일과 달을 주관한단다."

"우와~ 정말요?"

그들은 아까까지만 해도 꽤나 심각했었지만 이젠 새로운 사실에 놀랍고 흥미진진할 뿐이었다. 그 순간 스프링에서 보았던 마녀들의 방 문패가 생각났다. 요일 이름이 붙어 있던 것은 그들이 요일을 주관했기 때문이었다는 것을 알 수 있었다.

"월요일은 버사, 화요일은 마리, 수요일은 푸니, 목요일은 몰리, 금요일은 보니, 토요일은 벨, 그리고 일요일은 테레사가 맡는다. 그리고 1, 2월은 내가, 3, 4월은 허크가, 5, 6월은 마크가, 7, 8월은 누크가, 9, 10월은 자크가, 11, 12월은 루크가 맡지. 테레사와 나는 매일 그들의 수행을 지켜봐야 하지. 그런데 공교롭게도 요일과 달을 주관하는 장소가 지하 감옥에 위치해 있다. 결국 개구리를 해치우려 들어갈 때는 그 날이나 달을 주관하는 사람 2명밖에 들어가지 못하지. 이해하겠는가? 우리가 이럴 수밖에 없는 사실을 말이다."

"예. 알겠어요. 그런데 우리가 파이프를 깨뜨린 후에 어떤 일이 벌어졌나요?"

필리코니스는 조심스럽게 물었다.

"요일이 바뀔 때 지하 감옥 입구에서 담당 마녀 2명이 터치를 하고 들어가는데, 그 순간 파이프가 막힌 것이다. 그때 나는 잠시 자리를 비우고 있었고, 수요일 담당 푸니와 목요일 담당 몰리가 꼼짝없이 갇히게 된 거지. 재빨리 개구리의 번식 속도만 늦추고 나와야 하는데, 큰일이었어. 나가려고 하는데 출구가 막혔으니 말이야. 수요일 담당인 푸니가 돌아오지 않자 이상하게 여긴 보니와 마리가 욕실에 가보니 파이프 루트가 부서져 있었던 거야. 그들은 깜짝 놀라 지하 감옥으로 그들을 구하러 갔지. 이미 그들은 탈진 상태였고, 한 명씩 빼내고 또 가서 한 명씩 빼내는 식으로 겨우 탈출했단다. 목숨이 위험한 상황이었어."

"그, 그랬군요."

필리코니스는 너무 미안해 머리를 조아리며 사과했다.

"괜찮다. 오히려 나는 너의 재능에 탄복했다. 파이프 루트에 들어가려면 개구리 문장에 주문을 걸면 된다. 한데 그게 보통 까다로운 게 아니란다. 비팀의 세 마법사도 풀지 못한 것이지. 어떤가? 대단하지 않나? 너는 5대 마법사에 뒤지지 않는 어둠의 재능을 가지고 있다. 재능을 살려서 세상을 구하거라. 사실 이것을 말하기 위해 너를 이곳까지 데려온 거다. 그리고 바이올렛, 너도 무한한 잠재력이 있더구나. 위치 빌리지에서 머무는 동안 어떤 것들이 느껴졌지?"

"끈끈하고 음침한 게, 왠지 개구리가 번뜩 떠오르더라고요."

바이올렛은 수줍어하며 대답을 못하다가 우물쭈물 말했다. 촌장은 그녀를 매우 칭찬했다.

"놀라운 능력이다. 필리코니스 군과 마찬가지로 대단한 잠재력이 있다."

"과찬인걸요."

바이올렛이 겸손해하자 촌장의 얼굴에 웃음꽃이 피었다.

"모든 궁금증이 풀렸는가?"

촌장의 물음에 그들은 '예'라고 우렁차게 대답하고는 묘한 기분으로 파이프 루트를 돌아보며 촌장의 뒤를 따랐다.

"한참 기다렸어. 바이올렛. 필리코니스."

"뭐하다 이제 오니?"

"허크 아저씨가 설명도 안 해주고."

"얼마나 놀랐는지 몰라!"

아이들의 성화가 끊이질 않자 촌장이 진정시켰다. 그리고는 어느새 준비했는지 초콜릿을 하나씩 나눠 주었다. 먹을 것에 현혹될 나이는 지났지만 그들은 그가 준비한 선물에 감사를 표하며 초콜릿을 맛있게 먹었다.

"허크, 일이 모두 정리되었네. 청년회들에게도 잘 전해 주게."

"알겠습니다. 어르신."

허크는 씩씩하게 대답한 후 밖으로 나갔다. 아이들도 더 이상 필리코니스와 바이올렛에 대해 묻지 않는다. 그리 중요한 일이라고 생각하지 않는 모양이었다. 모두 숙소로 돌아왔다.

"필리코니스, 너 기다리느라고 지루해 죽는 줄 알았어. 허크 아저씨도 입을 꾹 다물고 있고 말이야."

"미안 데이피. 얘기가 길어져서 그랬어."

"무슨 얘기인지는 모르지만 너무 자세히 묻지는 않을게."

"고맙다."

이제 보니 데이피도 조금 어른스러워진 것 같았다.

"저녁 먹자, 애들아!"

문을 여니 부담될 만큼 거대한 허크가 필리코니스를 내려다보고 있었다.

"어서 나와라. 여자애들은 벌써 갔어."

"예. 알겠어요."

저녁 식사 소식에 플럭은 뛸 듯이 기뻐했다. 식사는 촌장의 집에서 이루어졌다. 식당으로 들어가니 맛있는 냄새가 진동했다.

"많이들 들게."

촌장이 와인 잔을 번쩍 들며 그렇게 말하자, 그들도 주스가 담긴 잔을 들며 건배를 외쳤다. 남자들만 사는 곳이어서 마녀 마을 음식에 뒤떨어질 줄 알았는데 그게 아니었다. 소박했던 위치 빌리지 음식과는 다르게 양도 많고, 무엇이든 크고 화려

했다. 특히 가장 큰 건 훈제 족발이었는데 자크가 자신이 직접 기른 질 좋은 고기라며 맛보기를 권했다. 플럭은 이런 식사는 매우 오랜만이라며 이것저것 마구 집어먹었다.

메인 식사가 끝나자 디저트가 나왔다. 슈크림 맛이 매우 좋아 몇 개 허크에게 더 달라고 부탁했더니 꽉 쥐어 버려 슈크림이 터지고 말았다. 크림이 촌장의 수염에 튀자 그는 몹시 언짢아하는 것 같았으나 이내 웃음바다가 되고 말았다.

즐거운 식사가 끝나고, 아쉬움을 뒤로 한 채 자리에서 일어났다. 촌장은 문 바깥까지 나와 그들을 배웅해 주었고 내일 아침에 다시 만날 것을 약속하고는 숙소로 돌아왔다.

너무 많은 사실을 알게 되어서일까? 필리코니스는 유난히 머리 속이 복잡해 잠이 오질 않았다. 플럭은 이미 이불을 걷어차고 꿈나라로 갔다. 프랭크와 데이피도 깨어 있는가 싶더니 금세 코를 골았다. 필리코니스는 잠을 청하기 위해 눈을 감고 양을 세기 시작했다.

'양 한 마리, 양 두 마리, 양 세 마리, 양 네 마리……'
"개굴개굴 개굴개굴 개굴개굴."
"어?"
필리코니스는 고막을 흔드는 찢어질 듯한 개구리 울음소리에 화들짝 놀라 일어났다.

19
개구리들과의 격투

'어떻게 된 일이지?'

간간히 폭발음이 들리는 걸 보니 분위기가 심상치 않았다. 필리코니스는 위급한 상황임을 깨닫고 아이들을 깨웠다. 아이들이 사건의 전말을 알고, 알지 못하고는 중요하지 않았다. 잠이 덜 깨 짜증을 내는 아이들을 겨우겨우 일으켜 세웠다.

필리코니스와 바이올렛이 그 동안 겪은 일을 간단히 설명해 주자, 그들은 왜 자기들에게 말하지 않았느냐고 화를 냈다. 그들은 필리코니스를 따라 청년회 마법사들의 모임 장소로 향했다. 문은 굳게 잠겨 있었지만 그들 7명이 달라붙어 문을 두드렸다. 안에서 무언가 굴러 떨어지는 소리가 났다.

"저희가 왔어요, 문 좀 열어 주세요."

그들은 한 목소리로 힘껏 소리를 질렀다. 순간 괴성과 폭발음은 멎었고, 빠른 발자국 소리가 점점 가까워졌다. 발자국 소리가 멈춤과 동시에 문이 열렸고, 그 바람에 그들은 뒤로 물러나야 했다. 예상했던 대로 문을 연 사람은 허크였다. 앞이 보이지 않을 정도로 캄캄한 탓에 얼굴을 자세히 보진 못했으나 큰 덩치를 보면 허크인 것이 분명했다. 그들은 약간 억지스러울 만큼 그에게 달라붙어 어떻게 된 일이냐고 물었다.

"그렇지 않아도 너희들을 부르려고 했다. 큰일 났다! 촌장님이 위험하셔! 개구리들이 파이프를 타고 마을에 침입했다. 어서 들어와라. 너희들의 도움이 필요하다."

그는 다급하게 말한 후 그들이 생각할 틈도 없이 안으로 데리고 들어갔다. 내부는 램프불이 밝혀 주고 있었다. 그러나 음식물 쓰레기가 썩는 듯한 고약한 악취가 코를 찔렀다. 바닥엔 온통 끈적끈적한 액체가 뒤덮여 있어서 코를 쥐고 살금살금 걸어가자니 옷에 그 액체가 튀어 여간 찝찝한 게 아니었다.

"부르기도 전에 와줬구나. 지팡이를 단단히 잡아라. 저쪽에 개구리들이 있어. 촌장님과 자크, 누크, 루크가 상대하고 있다. 빨리 가자. 일단 주문을 머리 속에 생각해 둬."

"예. 어서 가요."

마크가 그들을 반갑게 맞아 주었다. 그들은 허크와 마크가 가는 곳으로 따라갔다. 뒷문으로 나가니 운동장만한 방이 나왔다. 그리고 그들은 난생 처음 엄청난 크기의 개구리를 보게 되었다. 필리코니스의 키를 넘는 높이에 너비는 사람 5명이 나란히 서 있는 정도가 되었다.

개구리들은 실로 엄청난 숫자였는데, 혀를 날름거리며 천천히 다가오고 있었다. 그들은 먼저 개구리들의 크기에 놀랐고

흉측한 모습에 놀라움을 금치 못했다.

"왔는가……"

촌장은 팔을 감싸 쥐며 괴로워하고 있었다. 그는 구석진 곳에서 누크의 간호를 받고 있었는데, 찢어진 옷깃 너머로 흐르는 피와 퉁퉁 부은 팔을 볼 수 있었다.

"촌장님이 왜 이러시는 거죠?"

그들은 너무 놀라 누크에게 쏜살같이 물었다. 그러자 누크는 한숨을 내쉬며 대답했다.

"개구리들이 파이프 루트를 타고 어르신 방에 침입했어. 혼자서 그들을 모두 상대하시다가 결국 부상을 당하셨다. 우리가 조금만 늦게 알아챘어도 큰일 날 뻔했어. 어르신은 내가 돌볼 테니 너희는 저들을 도와서 개구리들을 박멸해다오."

"그래, 가서 싸우거라."

촌장은 괜찮다는 듯 미소를 지으며 그들에게 어서 가라고 손을 내저었다.

"예. 우리가 무찌르겠어요. 조심하세요."

플럭이 앞장서자, 모두 지팡이를 번쩍 들고 병정들처럼 걸어갔다. 우스꽝스럽게 보일지라도 그것이 그들이 용기를 낼 수 있는 방법이었다.

씩씩하게 걸어가던 그들은 곧 멈춰설 수밖에 없었다. 청년회 마법사들의 상상을 초월하는 마법 실력 때문이었다. 이제까지 그들이 해왔던 마법은 장난이라도 된다는 듯 그들의 실력은

실로 대단했다. 그들은 단지 주문을 외우는 것이 아니라 동작을 하며 주문을 외웠다. 그들은 춤을 추듯 여러 동작을 선보였는데, 지팡이로 기교를 부리면서 주문을 외웠다.

"유레카!"

귀가 따가울 정도의 큰 소리로 주문을 외친 사람은 마크였다. 역시 혈기 왕성한 청년 마법사답게 동작이 시원시원해서 수호인들은 넋이 나갈 정도였다. 왠지 그에게서 빛이 나오는 듯해서 눈을 비벼야 했는데, 수호인들은 벌어진 입을 다물지 못한 채 마크를 동경의 눈빛으로 바라보았다.

하지만 마크는 그들에게 눈길을 줄 틈이 없는지 계속 퍼포먼스적인 동작들을 구사하면서 개구리들을 물리쳤다. 그에 비해 허크는 마치 코끼리가 날뛰는 것 같았다. 그래서 발을 옮길 때마다 땅과 산천초목이 흔들리는 것 같았다. 그는 주문은 외우지 않았다. 대신 엄청나게 큰 지팡이로 닥치는 대로 개구리들을 때려눕혔다. 개구리들이 미처 공격할 틈도 없이 빠르게 그들의 복부를 찌르고 때렸다.

두 손가락을 관자놀이에 댄 채 중얼중얼 주문 같은 것을 외우던 자크가 허크와 마크의 놀라운 솜씨에 멍해진 수호인들을 꾸짖었다.

"너희들은 도와주지 않고 뭘 하는 게야?"

"아, 예에."

필리코니스가 더듬더듬 대답했다. 그가 어떤 주문을 외워야

개구리들과의 격투

할지 미처 생각하지도 못하는 사이에 위시드가 선수를 쳤다.

"썬더맥스!"

"개객! 꼬르르르"

하늘에서 우레가 쏟아지더니 개구리의 정수리에 꽂혔다. 타는 냄새가 진동하면서 개구리는 거품을 물고 고꾸라졌다. 위시드는 손으로 브이 자를 그렸다. 마법사들은 모두 위시드를 주목했으나 그것도 잠시, 다시 전투에 몰입했다.

"굉장한데, 위시드? 이번엔 내 차례다. 루비듀모스!"

시비어의 공격에 개구리 한 마리가 불이 붙어 이리저리 껑충껑충 뛰더니 다른 놈들에게도 불이 붙어 서너 마리가 한꺼번에 떼죽음을 당했다. 자칫 큰불이 날 위험이 있으므로 프랭크가 불을 껐다. 불탄 개구리들에게서 고약한 냄새가 났다. 안그래도 온몸에 부스럼이 있어서 흉측한 놈들이 타죽는 걸 보니 끔찍해서 고개를 돌릴 수밖에 없었다. 하지만 이 정도에 물러설 그들이 아니었다.

"스프링크!"

필리코니스가 고르고 골라 자신 있게 주문을 외쳤다. 자신의 지팡이에서 쏟아져 나오는 파리 떼들을 흡족하게 바라보던 필리코니스는 아연실색하고 말았다. 개구리들이 파리 떼를 감사하다는 표정으로 먹어치우고 있는 것이 아닌가. 필리코니스의 등에는 식은땀이 흘렀고 모두 그를 쳐다보았다.

"바보!"

시비어가 필리코니스를 비웃으며 말했다.

"알았어. 알았다구. 몰랐단 말이다."

"변명하긴!"

이번엔 위시드였다. 정말 여자아이들은 골치 아팠다.

"물러서라. 내가 끝내겠다."

촌장을 간호하고 있는 줄만 알았던 누크가 필리코니스의 키를 훨씬 넘는 기다란 지팡이를 짚으며 맨앞으로 나섰다. 그리고는 지팡이를 양손으로 빠른 속도로 돌리며 태풍과 맞먹는 바람을 일으켰다.

"가네보나하니 가네보나하니 가네보나하니 가네보나하니."

필리코니스의 주문에 바람은 더욱 거세졌다. 개구리들은 이미 맞은편 벽에 부딪혀 실신해 있었다. 눈을 감지 못한 채 누워 있는 모습은 역겨웠다. 온순하게만 보였던 누크였으므로 강하게 보이는 것이 낯설었다. 지금까지 계속 주문을 중얼거리던 자크가 관자놀이에 대고 있던 손가락을 떼어 힘차게 앞으로 내밀며 소리를 내질렀다.

"으아아아아아아 으아아아아아아~"

필리코니스의 손끝에서 빛이 뿜어져 나왔다. 그 빛은 늘어져 있는 수십 마리의 개구리들을 마치 포근한 이불로 덮듯 감쌌다. 개구리들은 점점 형체가 보이지 않더니 사라지고 말았다. 자크는 "성공이다!"라고 외친 뒤 휘청거렸다. 결국 그는 촌장 옆에 눕게 되었다.

개구리들과의 격투

"앗!"

마크의 외침에 뒤를 돌아보니 몇십 배는 더 커진 개구리 한 마리가 그들을 노려보고 있었다. 그 거대한 개구리 앞에서는 크다고 생각했던 허크조차 한없이 작아 보였다. 개구리는 슬픈 울음소리를 내며 포효하기 시작했다. 자세히 보니 목에 크고 검은 반점 하나가 있었다. 반점은 해골 모양을 띠었다.

"아눅! 네 이놈!"

어느새 촌장은 개구리 앞에까지 가서 놀라우리만치 쩌렁쩌렁한 목소리로 개구리를 아눅이라 부르며 호통을 쳤다.

"갤갤갤갤 우으ㅇㅇㅇㅇㅇㅇ~"

개구리는 마치 개처럼 그르렁거렸다. 촌장은 또다시 호통을 쳤다.

"이놈! 예가 어디라고 다시 나오는 게냐?"

"우으ㅇㅇㅇㅇ~"

촌장의 호통에도 개구리는 지칠 줄 모르고 울어 댔다. 촌장은 지팡이를 잡은 손을 부르르 떨더니 데이피에게 명령했다.

"아눅과 얘기를 해보게."

"네."

데이피는 근심스러운 표정으로 개구리에게 다가갔다.

"애니멀로우!"

주문을 외우자 주황색 연기가 모락모락 피어올랐다. 그가 먼저 말을 건네기에 앞서 개구리의 말소리가 들렸다.

"비겁한 것들, 기필코 모두 죽이려 했건만. 비겁한 것들, 비겁한 것들……"

차갑고 얼어붙은 목소리였다. 데이피는 조금 동요하는 것 같았지만 지팡이를 놓지 않았다.

"네 죄를 모르고 하는 말이냐! 조용히 영으로 돌아가거라."

촌장의 목소리는 조금 누그러져 타이르는 투로 바뀌었다.

"하! 조용히 영으로 돌아가라? 내가 지난 5년간 피고름이 흐르고 온몸에 부스럼이 나 고통에 시달리며 살아왔던 얘길 해주겠다. 못 견디게 아파서 정신이 몽롱해져도 늘 나는 감옥 너머의 세계를 그렸지. 그리고 나가게만 해준다면 누구든지 그에게 복종하리라고 다짐했다. 그렇게 4년이 지나고, 정신력으로 버티며 하루하루 살아가는 생활을 했다. 이미 살고 있어도 산 것이 아닌 떠도는 귀신 같은 생활. 남은 1년, 나는 다시 다짐했다. 나가기만 하면 너희에게 복수하리라고. 이제 그 시간이 온 거다. 나 아눅, 모두 죽이고 나도 죽겠다."

"편안하게 영으로 돌아가거라. 편하게 해준다고 약속하마."

"하하 하하하! 아무도 믿지 않는다. 나 외엔 믿음이란 없다. 편하게 해준다고? 이제 와서 편하게 해준다니. 끔찍한 지옥을 선물하더니 이제는 돌아가라고? 그때 너희들은 나와 동지들을 죽이자고 결정했었지! 그런데 딴지를 건 놈이 있었어. 철면피, 냉혈한, 바로 루크 네가 우리를 병신 개구리로 만들어 영원히 가두어 놓자고 강력히 주장했던 걸 내 다 안다. 모두 죽이고

너는 벌레로 만들 테다. 그래서 내가 갇혔었던 감옥에 가두고,
그리고 나도 죽겠다."

"그 전에 먼저 이 마을을 떠도는 마크의 부모, 푸니의 남편,
보니의 남편, 누크의 아내, 자크의 아내, 허크의 자식과 촌장
어르신의 자식들과 그리고 내 처자식의 영혼에 사죄해라. 그리
고 나를 내키는 대로 마음대로 해라."

루크의 말에 그들은 큰 충격을 받았다. 급기야 루크는 눈물
을 보였다.

"나는 킥워드 님을 방해하는 놈들을 조용히 보낸 것뿐이야.
그게 죄라는 생각은 눈곱만큼도 가지고 있지 않다. 이제 잡소
리는 그만하고 식솔들의 영혼을 만나러 가는 게 어떤가?"

조금 정리가 되는 것 같았다. 아눅이란 자는 어둠의 무리로
서 청년회 마법사들과 촌장의 가족들을 죽였다. 그 죄로 개구
리가 되어 지하 감옥에 갇히게 된 것이다. 아눅은 5년 동안 개
구리로서의 끔찍한 생활에 루크를 비롯한 마법사들을 증오하
게 되었다. 아눅이 지난 5년 동안 고통 받았던 것은 딱하지만
먼저 그가 큰 죄를 저질렀으므로 어쩔 수 없는 일이었다. 그는
이제 마법사들과 전투를 벌일 것이다. 어쨌든 수호인들은 마법
사들에게 힘이 되었으면 하는 생각이 들었다.

"저희가 돕겠어요."

필리코니스는 침을 한번 꿀꺽 삼킨 후 허크에게 말했다. 그
는 "저놈은 강하니 조심해야 돼."라고 말했다. 필리코니스와 나

머지 수호인들이 고개를 끄덕이자, 허크는 필리코니스의 머리를 쓰다듬었다.

"내가 직접 싸우기엔 너무 힘이 드는구나."

촌장의 힘없는 목소리에 청년회 마법사들은 어쩔 줄 몰라 했다. 결국 그는 아까의 위풍당당한 모습을 감춘 채 멀리서 지켜보는 신세가 되었다. 누크와 마크의 부축을 받으며 걸어가던 촌장은 다시 수호인들에게로 오더니 이렇게 말했다.

"나는 너희들을 믿는다."

촌장의 말에 수호인들은 조금 부담이 되었다. 자신들은 나약할 뿐, 지금까지 큰 도움이 되지 못했기 때문이다. 필리코니스는 방금 전 자신이 했던 실수도 모두 보았을 거라고 생각했다.

필리코니스가 의기소침해 있을 동안 어느새 아이들과 마법사들은 개구리 주변을 빙 둘러싸고 있었다.

그때, 손쓸 사이도 없이 필리코니스는 아눅의 혀에 채이고 말았다.

"어맛! 필리코니스!"

필리코니스는 높은 곳까지 올라가게 되어 마법사들과 아이들이 허둥대는 모습이 아주 작게 보였다. 개구리의 혀는 무척 끈끈했다. 벌써 옷 속의 피부까지 끈끈한 액체가 스며들었고 냄새마저 고약했다. 아눅은 혀를 이리저리 놀리며 어지럽게 만들더니 필리코니스를 점점 죄어 왔다. 숨이 막혔다.

'이대로 죽는가.'

눈앞이 뿌옇고 몸이 나른해졌다. 필리코니스는 정말 그대로 죽는가 싶었다.

"썬더맥스!"

위시드의 높고 날카로운 목소리가 들리고 이어 무언가 번쩍하는 것이 보였다. 그리고 잠시 혀에 감긴 상태에서 회전했다. 필리코니스가 정신을 차리고 보니, 아눅이 우레를 피하려고 재주를 넘은 것 같았다. 덕분에 아눅이 있었던 자리는 빗나간 우레로 인해 패이고 연기가 났다.

"이얏! 필리코니스를 놔줘! 스토-믹!"

우레가 꽂힌 자리에서 불기둥이 솟아올랐다. 아눅은 시비어의 조화가 놀라운지 뒤로 물러났다. 불기둥은 활활 타오르며 공중으로 솟았다. 시비어가 지팡이를 재빠르게 수십 번을 돌리자 불기둥은 마치 회오리바람처럼 격렬하게 하늘로 솟아오르더니 날쌔게 아눅을 덮쳤다. 불기둥에 갇히게 된 것은 아눅만이 아니었다. 아눅의 혀에 감긴 필리코니스까지 함께 갇혀 버렸다. 한동안 아눅의 비명과 타는 듯한 뜨거움이 계속되었다. 모두 그 모습을 보고 웅성거렸다.

"시비어! 미쳤어?"

필리코니스는 불 속에 휩싸여 있었지만 바이올렛의 앙칼진 목소리를 들을 수 있었다. 아눅은 혀까지 데는 것은 싫었는지 혀를 주둥이 안으로 말아 넣었다.

"뜨거워! 뜨거워- 워-"

동굴 같은 아눅의 입 속에서 요동치는 필리코니스의 외침이 메아리로 되돌아왔다. 불씨 튀는 소리와 타는 냄새가 진동했다. 필리코니스는 아눅과 함께 죽을 것만 같았다. 하지만 아눅은 혀에서 결코 힘을 빼지 않았다. 그러다가 죄어 오는 혀가 조금씩 풀어지는지 숨을 쉴 만해졌다. 타닥타닥하며 타는 소리도 잠잠해졌다. 다행히도 필리코니스는 타죽을 뻔했던 고비를 넘겼다.

"어어어어-"

그 순간, 필리코니스는 재빠르게 아눅의 입 속에서 튀어나왔다. 그러나 여전히 아눅의 혀에 말려 있었다. 눈을 들어 아눅을 보니 피투성이에 여기저기 그을려 있었다. 아눅은 필리코니스 때문에 혀를 마음대로 쓸 수 없어서 대신 괴성을 질러 댔다.

"필리코니스가 나왔어!"

프랭크의 목소리에 몸을 뒤척이다 보니 불에 덴 곳들이 따끔거렸다.

"앗 따거워!"

필리코니스의 외침을 들은 아눅은 그를 더욱 죄어 왔다.

"으윽-"

필리코니스가 신음하자 촌장이 부상당한 자신의 팔을 부여잡고 아눅에게로 다가왔다. 그리고 무서운 기세로 지팡이로 땅을 내려쳤다.

"이놈, 놔주지 못하겠느냐!"

촌장의 목소리가 귀에 왕왕거렸다.

"누다히아니다."

촌장의 입에서 흘러나온 주문은 바람을 타고 공간을 한 바
퀴 돌며 울렸다. 촌장의 지팡이 끝에서는 눈부신 엄청난 양의
빛이 뿜어져 나왔다.

"누다히아니다"

주문이 더해질수록 빛은 더 강해졌고 아눅은 비틀거렸다. 그
는 위태위태하게 지탱하다가 결국 넘어졌다.

"쿵!"

필리코니스를 죄고 있던 축축한 혀가 축 늘어졌다. 드디어
필리코니스는 자유의 몸이 되었다. 불에 덴 자국투성이에 옷은
그을려 너덜너덜해진 몸으로 필리코니스는 아이들에게로 달
려갔다.

"필리코니스, 다행이야."

여자아이들은 급기야 눈물을 보였다. 더군다나 불기둥을 사
용해 위험에 빠뜨렸던 시비어는 미안해서 어쩔 줄 몰라했다.

"내가 바보였어. 으악! 이 덴 자국들 좀 봐. 미안, 필리코니스.
정말 미안해."

필리코니스는 한참 묶여 있다가 풀려나서인지 걷는 것과 서
있는 것 모두가 자연스럽지 않았지만 기분은 최고였다. 돌아보
니 아눅이 넘어져 있었다.

"앗!"

아눅이 감았던 눈을 홉뜨고 풀쩍 점프하여 마법사들을 덮쳤다. 눈 깜짝할 새에 일어난 일이라 모든 마법사들이 아눅의 물갈퀴 밑에 깔리게 되었다. 촌장의 지팡이는 그의 손에서 벗어나 수호인들 쪽으로 굴러와 있었다.

"그걸 집어라. 그리고 싸워라!"

촌장이 외쳤다. 그는 지금까지 보인 적이 없는 안타까운 눈빛으로 필리코니스를 바라보며 고개를 끄덕였다.

'이렇게 무능한 나에게 지팡이를 맡기다니. 실수투성이에 적의 포로나 되는 사고뭉치에게……'

필리코니스는 걱정이 앞서면서도 본능적으로 지팡이를 잡았다. 지팡이는 한 손에 쥐기에 벅찰 정도로 굵었지만 그것을 쥐는 순간 몸이 새털처럼 가벼워지고 상쾌해지는 것을 느꼈다. 가슴 속에서 무언가가 끓어올랐다. 어쩐지 개구리를 물리칠 수 있을 것 같은 자신감이 솟아올랐다. 그는 팔을 걷고 지팡이를 단단히 쥐었다. 개구리에게 성큼성큼 다가서는 그에게 이미 두려움은 사라지고 없었다.

"마법사들을 놓아 주어라! 그렇게 하지 않는다면 가만두지 않겠다!"

필리코니스가 신호를 보내자 데이피는 잽싸게 지팡이를 꺼내 주문을 외웠다.

"애니멀로우!"

'내가 조금만 힘을 주면 마법사들은 끝이다. 그런데 이렇게 강한 나를 애송이 같은 네가 해치운단 말이냐? 하하하! 애송이, 덤벼라. 한입거리도 안 되는 녀석!"

이상하게도 필리코니스는 아눅이 비꼬는 말에 조금도 마음이 흔들리지 않았다. 오히려 평온해지고 눈이 초롱초롱해졌다. 촌장의 지팡이를 잡는 순간 필리코니스는 다시 태어난 것만 같았다. 아눅에게 걸어가며 지팡이를 찬찬히 살펴보니, 쭉 뻗은 곧은 몸체에 화살촉처럼 뾰족한 주둥이와 주둥이에 수놓아진 들쑥날쑥한 보석들이 매우 날렵한 느낌을 주었다.

"이얍!"

필리코니스는 나름대로 기합을 넣으며 아눅의 물갈퀴에 지팡이를 관통시켰다. 아눅은 피가 솟구치자 눈을 뒤집고 법석을 떨며 다리를 번쩍 들었다. 그 틈을 타서 마법사들은 엉금엉금 아이들 쪽으로 기어서 도망쳤다. 필리코니스는 마법사들을 아눅이 미치지 않는 곳으로 대피시킨 후, 다시 한 번 아눅에게로 달려갔다.

"이야아아얍!"

필리코니스는 아눅의 다리 위로 풀쩍 뛰어올랐다. 그리고 부스럼과 딱지, 피고름으로 범벅된 축축한 그의 몸통을 기어올라갔다. 끈질기게 매달리며 올라간 끝에 그는 아눅의 머리 위에 도달했다. 이제 지팡이로 머리를 찌르기만 하면 되었다.

"합!"

"깽!"

개구리를 찌른 소리라기보다는 냄비를 망치로 때린 듯한 소리가 울렸다.

"엥?"

필리코니스는 얼마나 세게 찔렀는지 손이 다 얼얼했다. 그러나 지팡이가 꽂히기는커녕 단단한 머리에서 다시 튀어나와 버렸다. 순간, 필리코니스의 의지와는 상관없이 저절로 혀와 입술이 움직여 말을 만들었다.

"푸아니다메나시오."

말을 읊음과 동시에 지팡이의 보석들에서 광채가 났다. 그리고 저절로 움직여 필리코니스의 손을 빠져나가더니 지팡이는 개구리의 머리에 꽂혔다. 꽤 깊숙이 꽂은 지팡이를 겨우 빼내자 기다렸다는 듯이 붉은 피가 뿜어져 나왔고, 주위는 온통 붉은 빛이 되었다. 지독한 피비린내가 나면서 아눅이 바람 빠진 풍선처럼 쓰러졌다. 필리코니스도 붉은 액체를 뒤집어쓰고 굴러 떨어지고 말았다.

"쿵!"

"이크!"

필리코니스는 다리가 부러졌는지 걸을 수가 없었다. 결국 허크에게 업히고 말았다.

드디어 아눅을 이긴 필리코니스는 아픔도 잊고 승리의 쾌감을 맛보았다. 그런데 모두 기뻐할 줄 알았던 수호인들은 너무 힘겹게 싸운 탓인지, 의외로 담담한 표정을 지었다.

"건배!"

다음날 밤, 그들은 자축 만찬을 벌였다. 하지만 건배를 외치는 촌장의 얼굴은 어두웠다.

"어디 불편하신 데라도?"

프랭크가 용기를 내어 말을 건네자, 촌장은 쓸쓸한 미소를 지었다.

"영으로 만들어 줬어야 하는데……, 죽는 순간에는 이성을 잃더구나."

촌장의 알 수 없는 말에 모두 의아해했다.

"비록 많은 무고한 사람들을 죽였지만, 5년간 너무 가혹한 벌을 받았으니 편안하게 영으로 돌려보내 주려고 했었다. 약속까지 했건만……."

촌장의 목소리는 가라앉아 있었다. 필리코니스는 아눅에게 몹쓸 짓을 한 것 같아 고개를 숙였다.

"아아 그럴 필요 없어, 필리코니스."

필리코니스의 반응에 촌장은 매우 당황해하며 억지 웃음을 웃었다.

식사가 끝나고, 각자 뿔뿔이 흩어졌다. 수호인들도 방으로 돌아가려고 하는데 촌장이 필리코니스에게 다가와 자신의 지팡이를 다시 건넸다.

"자, 이걸 너에게 선물하마."

"예? 제가 왜 이걸?"

"이걸 잡았을 때 어떤 느낌이 들었는가?"

그의 물음에 필리코니스는 어제의 기억을 다시 떠올려 보았다. 지팡이를 잡았을 때의 느낌을 떠올리자 다시 그때로 돌아간 것만 같았다.

"뭔가 충만해지는 느낌 아니었나?"

"예, 맞아요."

필리코니스는 너무나 정확하게 자신의 느낌을 꼬집어 말한 촌장이 놀랍게 느껴졌다.

"이제 이건 너의 것이다. 너는 이 지팡이의 주인이 될 자격을 충분히 갖추었어."

"그래도 이걸 저한테 주시다뇨?"

"나는 이미 오래 썼다. 이제 갈 날이 얼마 안 남았으니 너에게 물려주는 거나 다름없어. 어서 받거라. 그리고 이 지팡이를 옳은 일에만 쓰는 훌륭한 마법사가 되거라."

촌장은 억지로 필리코니스에게 지팡이를 쥐어주더니 자신의 집으로 돌아갔다. 필리코니스는 방으로 돌아가는 내내 날아갈 것 같은 기분을 억제할 수 없었다.

"필리코니스, 너 어제 정말 대단했어. 마치 촌장님처럼 위엄 있었다니까?"

"헤헤, 고마워 플럭."

살다 보니 플럭의 칭찬을 다 들을 때가 있다고 생각되었다. 이래저래 흡족한 날이었다.

다음날 아침, 수호인들은 촌장과 청년회 마법사들의 배웅을 받았다.

"자, 우릴 위해 애써준 것 고맙네. 받게. *실버* 크리스털이야."

그들은 촌장에게서 실버 크리스털을 받았다. 크리스털이 차곡차곡 모이는 걸 생각하니 발걸음이 절로 가벼워졌다. 지도를 살펴보니 아직 옵스트러가 나타날 것 같지는 않았다. 그들은 잠시 언덕 위에서 쉬어 가기로 했다.

20
아크로포비아

"위자덤에서 있었던 일이 꿈만 같아."

위시드가 잔디밭에 드러누우며 말하자 모두 맞장구를 쳤다. 고목나무 밑의 그늘은 시원했다. 쨍쨍 내리쬐는 햇볕을 피하기에는 안성맞춤이었다. 그들은 그늘에 나란히 누워 며칠 만에 잠다운 잠을 잤다.

"아흠, 일어나 얘들아."

꿀 같은 낮잠을 자고 나니 머리가 맑은 것이 옵스트러가 나타나도 두렵지 않을 것 같았다. 그들은 가뿐한 마음으로 언덕을 내려갔다.

"슬슬 출출해지는걸?"

플럭인 줄 알았더니 데이퍼였다. 둘의 목소리는 사촌간이어서인지 잘 구별이 가지 않았다.

"자크가 어찌나 음식을 많이 챙겨 주었는지, 한 보따리야."

위시드가 가방에서 꾸역꾸역 음식을 꺼내며 즐거운 비명을 질렀다. 짭짜름한 땅콩을 한 봉지씩 먹고 나자, 다들 목마른 눈치였다. 그들은 가위바위보를 해서 물 뜨러 갈 사람을 정하기로 했다.

"가위 바위 보, 윽."

모두 보를 냈는데 데이피만 주먹을 내서 그가 물을 뜨러 가게 되었다. 그는 플럭에게 같이 가자는 눈길을 보냈으나 플럭이 매몰차게 외면해서 웃음을 자아냈다.

"혹시 모르니까 지도를 가지고 가봐."

"알았어, 필리코니스. 그럼 갔다 올게!"

그들은 데이피를 곯려 주려고 땅콩을 모두 먹어치웠다.

"그런데 이 녀석 왜 이렇게 안 오지?"

플럭이 남은 땅콩 부스러기를 입에 넣고 우물거리며 말했다.

"그러게."

위시드는 말과는 다르게 조금도 걱정스럽지 않은 눈빛이었다.

"목말라 죽겠는데 뭐야. 아휴."

"그만 좀 투덜거려, 시비어."

"뭐라고? 내가 투덜거린다고?"

"하고 싶은 말 다 하고 살면 시끄러워서 어떻게 사니?"

프랭크와 시비어가 한판 붙을 기세였다. 위시드와 바이올렛, 필리코니스는 그들을 말리려고 안간힘을 쓰는데, 플럭은 땅콩 부스러기를 주워 먹으며 낄낄대고 있었다. 계속 말리는데도 다툼이 그치지 않자, 필리코니스가 화를 버럭 냈다.

"시비어, 프랭크, 그만들 둬! 유치하게 왜들 그래!"

필리코니스가 소리를 지르자, 놀랐는지 두 사람은 꿀 먹은 벙어리가 되었다.

"아, 알았어. 시비어, 내가 필리코니스 때문에 참는 거야. 앞으로 시끄럽게 굴기만 해봐."

"쳇, 누가 할 소리."

겨우 한숨 돌릴 무렵 데이피가 헐떡거리며 뛰어왔다.

"헥헥. 얘들아, 저쪽에 옵스트러가 있는 것 같아. 어서 가보자."

그들은 데이피의 말에 방향을 바꿔 다시 언덕을 넘었다. 데이피의 말대로 조금 걸어가니 지도에 반응이 왔다.

"으, 괴물과 싸운 지 얼마나 됐다고 또 옵스트러니?"

시비어가 또 투덜대자 프랭크는 그녀를 못마땅한 표정으로 쳐다보았다.

"옵스트러가 코앞이야."

필리코니스의 말에 바이올렛이 의문을 품었다.

"어째서?"

"지도가 더 이상 움직이지 않잖아."

지도가 멈춘 걸로 봐서 옵스트러가 가까워진 걸 알 수 있었다. 그들은 내색하지는 않았지만 저마다 마음의 준비를 하고 있었다.

"이번엔 어떤 옵스트러일까?"

위시드가 호기심 어린 표정으로 프랭크에게 물었다. 프랭크는 시비어 때문인지 아직도 얼굴이 굳어 있었다.

"글쎄. 왠지 예상 밖의 무언가가 있을 것 같아."

"흐음, 나도 그런 느낌이 들어. 프랭크."

다시 침묵이 이어졌다. 많은 싸움에서 이긴 그들이었지만 역시 옵스트러는 두려운 대상이었다.

"저기 보인다!"

바이올렛이 조그맣게 보이는 옵스트러를 금세 알아보고 그들에게 알렸다. 꽤 오랜만에 보는 웅장한 입구였다.

"들어가고 싶지 않은걸?"

바이올렛이 시무룩하게 말하자 그들은 모두 발걸음을 멈췄다. 위험이 도사리고 있을 그곳에 들어가고 싶은 사람은 아무도 없었다. 결국 그들은 입구의 바위에 앉아 잠시 쉬기로 했다.

"생각해 봐. 크레용마을, 땅굴마을, 엘프마을, 위치 빌리지, 위자덤 마을 사람들 모두 우리가 하루 빨리 어둠의 무리를 물리쳐 주기를 바라고 있잖아. 우리에게 친절히 대해 주었던 그들과 우리를 기대하는 비팀의 세 마법사들을 생각해서라도 모두 힘내자."

위시드의 명랑한 목소리에 바이올렛도 미소를 띠었다.

아크로포비아

옵스트러 입구의 문은 너무 높아서 이름을 읽으려면 목을 하늘로 쳐들어야 했다. '아크로포비아' 이것이 네번째 옵스트러의 이름이었다.

"맥크넛!"

"끼이익-"

바이올렛은 문 너머에 있는 것을 보고 싶지 않은지 눈을 질끈 감고는 도통 뜨려 하질 않았다. 3분의 1쯤 열렸을 때, 옵스트러의 내부에서 불어오는 뜨거운 바람에 밀려 모두 뒤로 물러났다. 문이 활짝 열리고 바람이 그치자 수호인들은 천천히 옵스트러 안으로 들어갔다.

"윽, 뜨거워."

들어가자마자 그들을 덮친 뜨거운 열기 때문에 마치 사우나 속에 들어간 것 같았다. 게다가 간신히 그들 일곱 사람이 걸을 만한 넓이의 길 밑은 천길 낭떠러지였고, 차마 보기도 아찔한 시뻘건 용암이 끓고 있었다. 발을 헛디디면 바로 뜨거운 불구덩이에 빠지게 되므로 최대한 조심스럽게 걸어가야 했다.

"으앙- 나가고 싶어."

기어코 바이올렛이 울음을 터뜨렸다.

"나갈 수 없다는 걸 뻔히 알잖아. 문이 잠겼는데 어떡하니?"

시비어가 나무라는 투로 말하자 바이올렛은 더욱 엉엉 울어댔다.

"나도 지금 울고 싶은 마음뿐이야."

위시드의 눈에도 눈물이 그렁그렁 맺혔다.

"아! 빗자루를 타고 가면 되잖아?"

프랭크가 가볍게 손뼉을 치며 빗자루로 건너갈 것을 제안하자 바이올렛은 울음을 뚝 그쳤다. 모두들 낭떠러지로 떨어지지 않는 한에서 뛸 듯이 기뻐했다. 하지만 밑을 볼수록 머리가 핑 돌았다. 절벽 아래로는 그들을 집어삼킬 듯한 용암이 용솟음치고 있었다. 아무도 먼저 실행에 옮기지 않자, 시비어가 소리를 질렀다.

"뭐야! 무서워서 지금 못하는 거야? 이깟 것, 밑을 보지 않고 날면 되잖아? 그럼 내가 먼저 간다 후키부키-."

마치 한 마리의 새처럼 날쌔게 비행하는 시비어가 갑자기 멋져 보였다. 그녀는 엄지를 치켜들어 보이고는 자신 있게 절벽 가까이 다가갔다. 그렇게 건넜나 싶었는데 갑작스런 일이 벌어졌다.

"으아악- 아이쿠!"

"왜 그래, 시비어?"

"으으… 위시드, 갑자기 뭔가에 튕겨졌어. 아이쿠 엉덩이야."

"뭐? 그럴 리가? 그럼 내가 해볼게."

위시드가 어디서 그런 용기가 생겼는지 빗자루를 타고 휙 날아갔다. 그러나 그녀도 얼마 못 가 튕겨져 엉덩방아를 찧고 말았다. 이대로라면 그들은 빗자루를 타고 그곳을 건너지 못할 것 같았다.

"어떡하지? 큰일이다."

"큰일이고말고. 플럭, 나는 벌써 온몸이 땀투성이야."

데이피는 소매로 이마에 흐르는 땀을 닦으며 괴로워했다. 그들은 뾰족한 수를 찾지 못한 채 어두워질 때까지 나란히 문에 기대어 앉아 있을 수밖에 없었다.

"아흠- 우린 이만 잘래. 뾰족한 수가 생기겠지."

여자아이들이 하품을 했다. 그들은 아무 소득 없이 그렇게 하루를 보냈다.

다음날, 그들은 부지런히 일어나서 또다시 방법을 연구했다.

"그래도 나가기만 하면 되니까 비교적 쉬운 것 같아. 그치?"

"응, 위시드. 약간 더운 것만 빼고는 말야. 지난번 옵스트러들은 항상 우리를 위협했었는데 말이야."

위시드와 데이피는 아직 옵스트러를 긍정적으로 보고 있는 모양이었다. 그러나 그들은 불과 한 시간 남짓 후에 일어날 일생일대의 위기를 예상하지 못하고 있었다.

"맙소사. 어떻게 좀 해봐."

갑자기 어디서 나왔는지 수백 마리의 전갈들이 그들을 낭떠러지로 몰고 갔다. 그들의 꼬리는 수호인들을 향해 있었고, 꼬리의 독침은 번쩍이며 위협적이었다. 처음에 여자아이들이 꺅꺅대는 통해 매우 당황했으나 곧 이성을 되찾은 그들은 전갈들을 없애기 위해 모든 주문을 외웠다.

"라이츠! 라이츠! 라이츠! 라이츠!"

위시드의 번개 날리기 공격에 전갈 떼는 주춤거리며 뒤로 물러섰다. 그 틈을 이용해 프랭크가 물로 사정없이 공격해 대자 물에 젖은 전갈들은 정신을 못 차렸다.

"파이클!"

비록 작은 불씨였으나 위시드의 용맹에 많은 전갈들이 타 죽었다. 하지만 그들이 죽인 수는 그들을 다시 몰아세우며 다가오는 전갈의 수에 비하면 새발의 피였다.

"할 수 없지. 스토-믹!"

위시드의 주문에 무서운 기세로 우레가 내리쳤으나 전갈들이 피하는 바람에 상황은 더욱 악화되었다. 우레가 길에 꽂히면서 모래성이 무너지듯 길 한쪽이 무너지고 만 것이다. 앞뒤로 낭떠러지가 버티고 있었으므로 전갈들의 전진을 막는 게 우선이었다. 프랭크가 맨앞에 서서 물로 차단하기로 했다. 혼자 전갈들을 상대하는 것이 지쳤는지 프랭크는 빨리 도와달라며 소리쳤다.

"내가 도울게. 비켜줘, 프랭크"

바이올렛은 어떤 주문을 사용하려는지 몰라도 자신감에 찬 표정이었다.

"리크리티피-"

그녀는 나른한 목소리로 재우기 주문을 외웠다. 비틀거리던 전갈들의 행동이 둔해지더니 결국 꼬리를 내리며 잠들었다. 뒤 대열에 있던 전갈들은 뒤로 주춤거리는 바람에 낭떠러지로 추락하고 말았다.

"일단 한시름 놓았어. 그런데 이제부터 어쩔 거야?"

위시드는 이제 그들의 상황이 그리 낙관적이지만은 않다는 걸 깨달은 모양이었다.

"아, 날개라도 있으면 좋을 텐데, 정말 난감하다."

필리코니스가 한탄조로 허공을 바라보며 말하자 데이피의 눈이 갑자기 반짝이더니 무언가를 중얼거렸다.

"날개, 날개? 그렇지!"

데이피는 무릎을 탁 치더니 만세 삼창을 불렀다.

"야호! 좋은 방법이 있어!"

"무슨 방법? 무슨 방법이 있다는 거야?"

"으아 나는 왜 이렇게 머리가 좋을까? 기다려 봐, 위시드. 내가 우리의 구세주를 부를 테니."

"구세주?"

데이피는 절벽 끄트머리로 걸어가더니 주문을 외웠다.

"스퀴드넥스 비기윙즈!"

비기윙즈라면 데이피의 훈련 대상이었던 동물을 말했다. 그 날개 달린 동물을 타면 그들은 이곳을 빠져나갈 수 있었다.

이윽고 거대한 그림자가 드리웠다. 두 개의 날개, 큰 몸통, 비기윙즈야말로 그들의 구세주였다.

"비기윙클! 왔구나."

땅에 내려앉은 비기윙즈를 마치 오랜 친구처럼 맞이하는 데이피의 모습이 보기 좋았다.

"얘들아, 어서 타자. 저놈들이 깨어나기 전에."

데이피가 맨앞에 탔고, 다음은 플럭, 프랭크의 순서로 탔다. 그들은 최대한 서로 몸을 밀착시키고 비기윙즈에게서 떨어지지 않도록 몸을 고정시켰다.

"내가 중간에 앉으면 안 될까? 고소공포증이 있어서 말야."

바이올렛의 부탁에 시비어가 맨뒤에 앉게 되었다. 시비어는 오히려 뒤에 앉는 것이 재미있다며 좋아했다.

"가자 비기윙클!"

데이피가 옆구리를 발로 툭 치자 비기윙즈는 날개를 펄럭이며 하늘 높이 날아올랐다. 그리고 서서히 절벽을 건너가기 시작했다. 비록 밑을 보면 아찔했지만 멀리 보이는 편편한 땅을 바라보자, 기분이 좋았다.

"야호!"

뒤에서 시비어의 함성이 들렸다. 하지만 바이올렛은 죽을 맛이라는 표정이었다. 금방이라도 토할 것 같다고 해서 바로 앞에 앉은 프랭크는 안절부절못했다.

드디어 건너편에 도착했다.

"조금 더 타고 싶었는데."

시비어는 비기윙즈에게서 내리는 것이 못내 아쉬운 모양이었다. 하지만 그들은 더 이상 아무런 미련이 없었으므로 서운해하는 그녀를 내버려둔 채 옵스트러를 빠져나갔다. 그녀는 먼저 나가는 그들을 향해 의리 없다며 투덜댔다.

"데이피, 정말 좋은 생각이었어. 덕분에 빠져나올 수도 있게 됐고 말이야."

위시드의 칭찬에 데이피는 의기양양했다.

"뭘. 사실 필리코니스가 힌트를 주지 않았다면 생각도 안 났을걸?"

"웬일이야, 데이피? 나의 공으로 돌리는 거야?"

"그렇다고 볼 수도 있지. 히히."

결국 옵스트러 탈출에 대한 공은 필리코니스와 데이피 공동의 것이 되었다.

"이제 어디로 가야 하지?"

위시드의 물음에 필리코니스는 지도를 꺼냈다. 서서히 새로운 글자가 떠올랐다.

"글씨가 보인다. 뭐냐면, 음— *아쿠아.*"

"아쿠아라니?"

"글쎄, 지도를 보면 옵스트러 근처에 아쿠아라는 곳이 있어. 아마 마을이겠지."

"그럼 출발하자."

21

인어마을 아쿠아

그들은 지도 속의 '아쿠아'라는 마을을 찾아 길을 떠났다. 걷다 보니 축축한 기운이 느껴졌다. 어느새 그들은 정글 속으로 들어가게 되었다.

"참 특이하기도 하다. 이 외딴 섬에 사계절, 즉 모든 기후가 존재한다는 것이……"

프랭크의 말에 플럭도 동의했다.

"우리가 들어온 곳, 여기가 정글인 것 맞지?"

위시드가 끈끈이주걱을 호기심 어린 표정으로 바라보며 말했다.

"정글치고는 조용하네. 우리 외에는 다른 생물은 없는 것 같은데?"

프랭크의 말대로 정글에 가면 볼 수 있음직한 원숭이나 뱀, 하다못해 벌레 한 마리도 보이지 않았다.

"이상해. 이 길로 가야 하는 것 맞는 거야? 필리코니스?"

"응, 바이올렛. 정글을 지나야만 아쿠아가 나온다고 써 있어."

"호수다!"

플럭의 외침에 정면을 바라보니 희미한 호수가 보였다. 질척 질척해진 땅에 난 풀들은 그들을 맞이하기라도 하듯 산들거렸 다. 가까이 보니 호수의 물은 참으로 맑고 투명했다. 그리고 그 푸른 색은 그들의 눈을 현혹시켰다.

"정글을 지나면 마을이 나온다면서? 막다른 길이잖아. 어떻 게 된 거야 필리코니스?"

시비어는 겁도 없이 호숫가에 다가가 물을 만지며 필리코니 스에게 물었다. 호수의 물은 워낙 성스러워 보여서 시비어의 행동이 불안해 보였다.

필리코니스는 우선 호수 주변을 살펴보았다. 삐죽삐죽한 풀 들 사이로 무언가가 보여서 따끔거리는 것을 무릅쓰고 맨손으 로 풀을 헤쳤다. 그 물체는 팻말이었다. 팻말에 써 있는 글귀를 보고 필리코니스는 놀라지 않을 수 없었다.

인어 마을
아 쿠 아

"애들아, 아무래도 이곳이 아쿠아인가 보다."

필리코니스의 말에 아이들의 시선이 그에게로 쏠렸다.

"플럭, 이리 와서 이것 좀 봐."

"어디?"

플럭이 필리코니스 대신 팻말의 글을 읽어 주자 아이들의 눈길은 다시 호수로 쏠렸다.

"인어마을 아쿠아?"

"그럼 이 호수가 마을이란 소리니?"

필리코니스가 말도 안 된다며 어깨를 으쓱해 보였다.

"말이 안 될 건 없지. 땅굴마을도 있는데, 호수 밑에 마을이 없으란 법은 없는 거야. 안 그래?"

필리코니스는 프랭크의 말을 조금 수긍한 듯 잠잠해졌지만 여전히 이해가 가지 않는다는 눈길로 호수를 바라보았다. 하지만 바이올렛은 무슨 상상을 하는지 황홀한 표정이었다.

"멋지지 않아? 인어라니, 상상 속의 인어를 볼 수 있다니 꿈만 같아."

인어에 대한 환상을 품고 있는 사람은 비단 바이올렛 뿐만이 아니었다. 시비어, 위시드도 무궁무진한 말들을 지어 냈다. 하지만 필리코니스는 물 속에서 또 무언가가 튀어나올 생각을 하니 벌써부터 골치가 아팠다.

"시비어, 호수에 대고 누구 없느냐고 말해 봐. 네 목소리가 가장 시끄럽잖아."

플럭이 장난스럽게 말하자 시비어는 그에게 버럭 화를 냈다.

"숙녀한테 시끄럽다고 하는 건 실례란 걸 모르니?"

"알았어 알았어. 아무튼 네가 해봐."

플럭이 다시 부탁했으나 시비어는 단단히 화가 났는지 팔짱을 낀 채 꼼짝도 하지 않았다. 그래서 플럭이 외치게 되었다.

"누구 없어요? 저희는 수호인들입니다!"

어찌나 크게 외쳤는지 귀청이 다 떨어져 나갈 것 같았다.

"그 정도 목소리 가지고 어떻게 알아듣겠니? 내가 하는 걸 잘 봐."

시비어가 말했다. 충분히 우렁찬 소리였으므로 시비어가 얼마나 큰 소리를 낼지 궁금했다.

"누구 없어요? 저희는 수호인들입니다! 누구 없어요? 수호인들입니다!"

시비어의 목소리는 천둥에 폭풍우를 곱한 것 같았다. 역시 목소리 내는 것엔 그녀를 따를 사람이 없을 것 같았다. 시비어는 조금 지쳤는지 헉헉거리며 바위에 앉았다.

"아무도 안 나오는데?"

플럭은 그 사이를 못 참고 물가를 기웃거리며 법석을 떨었다.

"으악!"

"왜 그래?"

호숫가에서 출렁대던 플럭이 뒤로 나자빠져 뒹굴었다. 그것은 갑작스런 인어의 등장 때문이었다. 마치 안데르센의 동화책에서 빠져나온 듯한 아름다운 자태가 사람과 사뭇 다른 성스러운 분위기를 자아내고 있었다.

우람한 체격이지만 눈부신 피부에서는 광채가 절로 나고, 위자덤의 촌장을 연상시키는 황금색의 곱슬머리 위에는 거대한 왕관이 씌워져 있었다. 필리코니스 주먹의 열 배만한 그의 주먹에는 기다란 삼지창에 들려 있었고, 하반신에는 인어를 상징하는 비늘이 가득 달린 꼬리가 빛나고 있었다.

인어의 등장으로 인해 정글로 둘러싸인 평범한 호숫가는 마치 신선들의 무릉도원으로 탈바꿈해 있었다. 그의 초록색 눈동자가 그들을 한번 훑어보더니 얇은 입술이 말려 올라갔다.

"왔군요, 수호인들."

어떤 말을 할지 너무나 기대했던 그들은 부드러운 환영의 말에 감격을 받아 모두 90도로 인사를 하고 말았다.

"이걸 착용해요. 인공 아가미가 물 속에서 자연스럽게 생활할 수 있도록 그대들을 도와줄 것입니다."

그들은 코와 귀에 끼우도록 되어 있는 약간 축축한 인공 아가미를 착용한 후 인어를 따라 물 속으로 뛰어들었다. 처음에는 귀와 코에 가해지는 압력이 심해 고통스러웠지만 곧 편해졌다.

"나는 포세이돈, 이름은 거창하지만 별 볼일 없는 마을의 족장입니다. 잘 와주었어요. 그리고 이곳은 작은 바다입니다. 겉모습만으로 판단하지 말아요."

바다의 왕 포세이돈이라는 이름에 걸맞게 그는 폼이 났지만 매우 겸손한 태도로 그들을 대했다. 수영을 전혀 하지 못하던 필리코니스도 이곳에선 이상하게도 편안하게 몸을 놀릴 수 있었다. 어렸을 때부터 수영을 배웠다는 프랭크는 마치 한 마리의 물고기처럼 유유히 헤엄쳐 갔다.

그들은 잠시 후 열렬히 환영해 주는 인어들을 만날 수 있었다. 호수 속 인어들은 남녀노소 할 것 없이 꼬리를 흔들며 수호인들을 환영해 주었다.

고둥과 소라
예쁜 장신구 만들어
손님에게 드리자.

불가사리 조개들도
춤추어 반겨 주세요.

고둥과 소라
예쁘게 장식하여
손님에게 드리자.

경쾌한 노래와 박자에 맞춰 그들은 흥겹게 춤을 추었다. 귀에 익숙한 멜로디의 이 노래는 예전부터 귀한 손님이 왔을 때

부르던 전통 민요라고 포세이돈이 설명해 주었다.

"고둥과 소라, 예쁜 장신구 만들어. 랄랄라."

벌써 외웠는지 여자아이들은 인어 아가씨들과 춤을 추며 신나게 노래를 불렀다. 여자 인어들은 모두 귀염성 있게 생겼으나 남자 인어들은 강하다는 느낌이 들 정도로 약간 괴기스런 외모였다. 하지만 웃으면 한없이 착해 보여서 땅굴마을 사람들의 미소가 생각났다.

"불가사리, 조개들도 춤추어 반겨 주세요."

아기자기하고 유치한 가사를 남자 인어들이 즐겁게 부르는 모습이 너무나 언밸런스해서 모두 웃음을 터뜨릴 수밖에 없었다. 즐겁게 웃는 그들에게 거구의 인어 4명이 다가오더니 수호인들을 거의 들어올리다시피 하며 춤을 추었다.

"으으으으- 내려 줘요!"

그들의 외침이 들리지 않는지 남자 인어들은 여전히 노래와 춤에 푹 빠져 내려놓을 생각을 하지 않았다. 포세이돈이 말리지 않았더라면 계속 그대로 매달려 있을 뻔했다.

인어들의 춤과 노래도 볼 만했지만 형형색색의 바다 생물을 보는 즐거움도 매우 컸다.

"이것 좀 봐, 애들아. 해마야."

위시드는 통통 팅기듯 돌아다니는 노란 해마 떼들에게서 눈을 떼지 못했다. 특히 동물을 좋아하는 데이피는 나비 고기들과 함께 어우러져 헤엄을 쳤다.

"어? 미역을 가져다 놓다니."

물고기들이 미역을 물어 와 필리코니스와 프랭크의 머리 위에 올려놓았다. 그들이 당황스러워하자 넉살 좋아 보이는 남자 인어가 호쾌하게 말하며 웃었다.

"하하하. 나름대로 환영 인사를 하는 거랍니다. 좋게 봐줘요."

그들은 익숙하지 않은 수영을 해서인지 무척 배가 고팠다.

"시장하겠군요. 이리 와요."

동화나 그림책에서도 볼 수 없었던 할머니 인어가 그들의 마음을 읽고 모두를 어딘가로 이끌고 갔다. 할머니가 끌고 간 곳은 시끌벅적한 식당이었다. 식당이라고 해봤자 벽도 없이 트인 공간에 인어들이 옹기종기 앉아 푸른 채소를 먹고 있었다.

"아이쿠!"

프랭크는 정신을 빼놓고 구경하는 통에 무언가에 세게 부딪히고 말았다. 일단 죄송하다고 꾸벅 절한 뒤 누군지 올려다보니 포세이돈이었다.

"족장님! 죄송합니다."

"족장님이라니. 나는 포세이돈 형의 동생 아레스다. 똑바로 보고 다녀!"

자세히 보니 포세이돈의 삼지창은 금색이었으나 아레스의 삼지창은 은색이었다. 그리고 왕관이 없고 좀더 홀쭉했다. 프랭크는 다시 한 번 죄송하다고 말하고 얼른 뛰어 다시 일행에 합류했다.

'같은 초록색 눈동자인데도 어쩜 그리 다르게 느껴질까?'

아레스의 눈은 포세이돈의 온화한 초록색 눈동자와는 달랐다. 하지만 대수롭게 생각하지 않은 프랭크는 식사를 하며 그 생각을 깨끗이 잊었다.

"해초투성이군. 식욕이 싹 사라지는걸?"

"데이피, 그럼 네 몫은 내가 먹는다?"

"오, 플럭. 그런 뜻은 아니야."

"이 먹보! 벌써 먹어치우고 남의 걸 탐내다니."

"뭐? 먹보?"

플럭과 시비어는 미역을 하나씩 집더니 서로 치고받으며 싸웠다. 그들을 식당으로 안내한 할머니 인어가 그 모습을 보고 야단을 쳤다.

"먹는 걸로 장난치다니, 버릇이 없구나!"

"죄송합니다."

해초는 부드러우면서도 고소했다. 하지만 데이피는 푸른 채소에 대한 경계심이 있는지 끝내 먹지 않았다. 그러다가 시비어가 그의 입에 억지로 넣는 바람에 한 그릇을 뚝딱 비웠다.

"플럭에게 넘겼다간 후회할 뻔했어."

데이피의 말에 모두 웃고 있을 때, 검은 머리의 꼬마 인어가 다가와 그들에게 뭐라고 속삭였다.

"뭐? 뭐라구?"

목소리가 너무 조그맣게 들려서 모두 귀를 기울여 들었다.

"맛보세요. 피를 맑게 해주는 붉은 해초예요."

"고마워. 잘 먹을게."

바이올렛은 인어의 머리를 쓰다듬고는 덥석 해초 뭉치를 집어 각자에게 나눠 주었다.

"맛있겠는걸?"

데이피가 제일 먼저 삼키자 플럭도 따라 먹으려고 했다. 그러나 불가사리가 채가는 바람에 먹지 못해 그는 결국 한입도 못 먹게 되었다.

"난 배불러. 도저히 못 먹겠어."

"나도."

여자아이들은 배가 부르다며 먹지 않았고 필리코니스는 나중에 먹을 생각으로 가방에 챙겨 넣었다. 결국 데이피와 플럭, 프랭크가 몽땅 먹어치우게 되었다.

"맛이 좋아. 너희들도 먹어 봐."

플럭이 권하자 여자아이들은 손사래를 치며 사양했다.

위시드가 프랭크에게 자신의 몫을 넘기자, 프랭크는 고맙다며 얼른 먹었다.

"왠지 피가 맑아지는 것 같지 않니?"

플럭이 알통을 만드는 시늉을 하며 능청스럽게 말하자 모두 웃었다.

식사를 마치고 포세이돈을 따라 그들이 지낼 곳에 도착했다. 다른 마을에 비하면 어마어마한 규모의 큰 집이었다. 그들은 내심 들뜬 마음으로 집 안으로 들어갔다.

"우와 수족관이네?"

내부의 모습은 대형 수족관 같았다. 바닥에는 투명하고 오색 빛깔의 자갈이 깔려 있었고 물풀, 물레방아 따위의 조형물이 있었다. 너무나 아름다운 곳이어서 모두들 넋을 잃고 구경했다. 결국 그들은 그날 밤 어항 속 물고기가 되어 물 속을 휘젓고 다니는 꿈을 꾸었다.

다음날 아침, 웬일인지 일찍 깨어난 수호인들은 바깥 구경을 할 겸 밖으로 나갔다. 그러다 아레스와 마주쳤다. 그는 기분 나쁜 미소를 짓더니 그들에게 말했다.

"어제, 식사들 잘 하셨는가?"

"네. 아주 맛있게 잘 먹었어요."

플럭이 신나게 대답했다.

"음, 다행이군."

그는 크게 한번 웃더니 사라졌다. 그의 행동에 모두 고개를 갸우뚱했다.

"기분 나쁜 사람이야. 족장님과 비슷하게 생겼는데 음흉한 분위기다. 그치?"

"응, 데이피. 아주 잘 봤어."

"그만들 하고 족장님한테 가보자. 중요한 일이라고 하셨단 말이야."

필리코니스는 그들을 재촉하여 족장의 집으로 향했다.

"윽!"

"프랭크! 왜 그래?"

갑자기 프랭크가 배를 움켜쥐고 쓰러졌다. 쿵 하는 소리와 함께 여자아이들은 비명을 질렀다.

데이피는 매우 걱정스러운 표정으로 프랭크의 이마를 짚어 보더니 족장의 집을 향해 달려갔다.

"으악!"

"데이피!"

이번엔 데이피마저 힘없이 쓰러졌다. 그들은 프랭크와 데이피를 족장의 집 앞으로 옮긴 후 다급히 문을 두드렸다.

"족장님! 족장님! 큰일났어요!"

잠시 후 문을 박차고 나온 포세이돈은 창백한 얼굴로 쓰러져 있는 프랭크와 데이피를 보더니 눈이 휘둥그레졌다.

"갑자기 쓰러졌어요. 어떻게 된 거죠?"

위시드가 포세이돈의 옷자락을 잡아 흔들며 말하자, 포세이돈은 천하장사처럼 그들을 양쪽 어깨에 들쳐멨다.

수호인들은 그를 따라 안으로 들어갔다. 그들이 다급한 마음에 발을 동동 구르자, 포세이돈은 걱정 말라며 그들을 진정시켰다. 미역 줄기로 엮어진 침대 위에 뉘인 프랭크와 데이피의 창백한 얼굴은 점점 붉게 변해 갔다. 잘 익은 토마토처럼 붉어진 그들의 얼굴은 약간 부푼 듯 보였고, 작은 반점들이 나기 시작했다. 반점들은 처음에는 조그맣더니 곧 크게 번졌고 그들의 몸은 온통 멍이 든 것처럼 푸른 반점으로 뒤덮였다.

"확실하진 않지만 아무래도……."

포세이돈은 더 이상 말을 잇지 못했다. 그의 표정은 바짝 굳어져서 그들이 겁먹기에 충분했다.

"혹시 붉은 해초를 먹었습니까?"

포세이돈의 물음에 필리코니스는 고개를 끄덕였다. 그러자 그는 크게 노하며 삼지창으로 바닥을 내리쳤다.

"누가 주었습니까?"

"검은 머리의 꼬마 인어가 주었어요."

포세이돈은 손으로 얼굴을 감싸며 신음소리를 냈다.

"무슨 심각한 일이 생긴 건가요?"

위시드가 그의 옷자락을 잡아당기며 말하자 그는 느린 어조로 말했다.

"붉은 해초는 극약 중의 극약입니다."

"극약이오?"

그들은 포세이돈의 말에 놀라 되물었다.

"큰일났습니다. 붉은 해초는 맹독성을 지닌 살상용 극약인데, 그걸 어째서 수호인들이 먹게 됐는지……. 특히 프랭크 군은 많이 섭취하여 매우 위험한 상태입니다."

"살상용이라면 주, 죽게 되는 건가요?"

플럭의 말에 포세이돈은 고개를 돌렸다. 순간 모두의 머리 속이 하얘졌다.

"어떡해요? 살려 주세요. 프랭크와 데이피를 살려 주세요!"

그들은 울부짖으며 포세이돈에게 매달렸다. 하지만 그는 자신도 어쩔 도리가 없다는 듯 고개를 저었다.

"어떡해? 프랭크, 내가 너한테 몹쓸 짓을 했어. 너한테 내 몫을 주지만 않았더라도……. 제발 일어나 프랭크!"

위시드는 눈물 콧물로 뒤범벅이 된 채, 죽은 듯이 누워 있는 프랭크를 잡고 마구 흔들었다.

"어떻게 해야 하죠?"

필리코니스는 떨리는 목소리를 진정시키며 포세이돈에게 물었다. 그는 또다시 고민하더니 천천히 입을 뗐다.

"엘프의 명약을 구하면 살 수 있습니다만……."

그의 말에 따르면 지금부터 24시간 내에 엘프루아에 있는 명약을 구해야 한다고 했다. 지금 약을 구하러 간다 하더라도 꼬박 3일은 걸리므로 그 사이에 그들이 죽을지도 몰랐다.

수호인들은 주저앉은 채 프랭크와 데이피를 망연자실하게 바라보았다. 두 사람의 얼굴에는 벌써 죽음의 그림자가 드리워지고 있었다.

3권에 계속 - ☆